もどかしいほど静かなオルゴール店

瀧羽麻子

幻冬舎

もどかしいほど静かなオルゴール店

もくじ

カナンタ

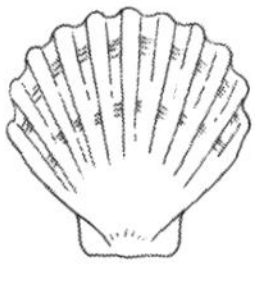

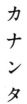

ドアを開けると、からん、とひかえめなベルの音が響いた。

ほの暗い店内に、祐生《ゆうせい》は遠慮がちに足を踏み入れた。誰もいない。天井からぶらさがったランプも消えている。でも、こうして客が自由に入ってこられるということは、休みではないのだろう。もっとも、祐生は客ではないけれども。

小さな店だ。入口から正面奥のレジ台まで、数歩で足りる。レジの真後ろにもうひとつ出入口があって、藍染めののれんがかかっている。左右の壁は棚で覆われ、大小の透明な箱が何段にもわたって並んでいる。

棚のほうへ歩み寄りかけて、前に向き直った。まずは仕事をすませなければいけない。のれんに向かって声を張る。

「こんにちは」

島内の商店は、店舗と住居が一体になったつくりが多い。この店もそうで、主《あるじ》はのれんの向こうで寝起きしている、はずだ。少なくとも、先月までここで営業していた雑貨屋はそうだった。その前の天然酵母のパン屋も、さらに前の土産物屋も。おのおの名前はあったが、入口の脇にそびえ立つ大木にちなんで、ガジュマルの店、と島民には呼ばれていた。一週間ほど前に開店したばかりの今度の店も、たぶんそうなる。

　返事はない。

　祐生はレジ台に片手をつき、のれんのほうに心もち身を乗り出して耳をすました。水の流れるような音がかすかに聞こえる。やっぱり留守ではないようだ。この仕事をはじめて以来、耳がよくなった気がする。聴力というより、人間の気配を感じとる力、といったほうがしっくりくるだろうか。

「こんにちは」

　もう一回、呼びかけてみる。はたして、奥から返答があった。

「ちょっとお待ち下さい」

　男の声だった。低くて、少しかすれている。

　やや緊張しながら、祐生はレジ台の前で待つ。初対面の相手と話すのは得意じゃない。この島ではそういう機会が多くないから、よけいかもしれない。手持ちぶさたに、傍らに置かれたテーブルへ目をやったところで、はがきくらいの大きさの紙が隅に重ねてあるのに気づいた。店を紹介するチラシのようだ。

中ほどに記された文言に、目が吸い寄せられた。

ご自分やご家族との思い出の品として、またプレゼントとしても最適です。世界にたったひとつ、あなただけのオルゴールを作ってみませんか？

祐生がチラシに手を伸ばしかけたとき、だしぬけに声がした。

「すみません。お待たせしました」

のれんをくぐって現れたのは、黒いエプロンをつけた男だった。色白でひょろりとやせている。この肌の色だけで、島の外から来たのだとひとめでわかる。祐生よりはいくつか年上の、三十代半ばか。

祐生は一礼し、手に持っていた茶封筒を差し出した。

「書留です」


受取人に直接手渡す郵便は、その書留で最後だった。残りは各戸の郵便受けに配っていく。集落の道をスクーターで走っていたら、ごくろうさん、ありがとうね、とあちこちで声をかけられる。人口四百人ばかりの島では誰もが顔見知りだ。祐生の場合は仕事柄、顔と名前が一致するのみならず、どこに住んでいるのかも頭に入っている。

ほとんどの民家は、島の中央に位置する高台の集落にある。それ以外の配達先といえば、海沿いに点在する観光客向けの民宿や飲食店くらいだ。ひとつの島をまるごと祐生ひとりで担当しているとはいえ、戸数では本島の配達員たちにかなわない。ただし、受取人の世間話につきあったり、重い荷物を室内まで運び入れたり、ついでに電球を換えてほしいと頼まれたりもして、それなりに忙しい。

集落の中を一周した後で、海のほうへ向かった。

珊瑚礁《さんごしょう》でできたこの島には大小の砂浜がある。そのうち遊泳できるのは、潮の流れが比較的穏やかな北西の一帯だけだ。地図で見るといびつな円形の島を、まるい時計に見立てるなら、だいたい九時から十一時の間にあたる。西にあるから西ノ浜、とガジュマルの店に負けず劣らず安易な名がついている。

西ノ浜まで、なだらかな坂を下る。サトウキビ畑に挟まれた一本道の先に、真っ青な海がきらきら輝いている。沖合へと遠ざかっていく船影が小さく見える。子どもの頃は、この坂を自転車で一気に走り下りたものだ。前をさえぎるものがなにひとつなく、行く手に横たわる海へまっすぐ飛びこんでいくようで、なんともいえず気持ちよかった。ハンドルから両手を放すとさらに爽快だった。

残念ながら、おとなは安全運転を心がけなければならないけれど、向かい風を胸いっぱいに吸いこめば体も心も軽くなってくる。五分も経たずに、西ノ浜の北端にある港に着いた。

船が出た直後の桟橋《さんばし》も、切符売り場や待合室も、がらんとしている。三月に入ってぐっとあたたかくなってきたものの、春休みにはまだ早く、平日に島を訪れる観光客は多くない。砂浜のほうにも人影はまばらだ。

ここから本島まで、高速船で一時間以上かかる。朝昼夕と一日三便が運航していて、四月から九月にかけてはもう一往復増える。外洋に出るので天気しだいではべらぼうに揺れるし、欠航もかなり多く、季節によっては船の出ない日が続くこともある。そんな不便きわまりない場所にもかかわらず、なぜだか旅人は絶えない。海以外にはなんにもないのに、と地元の人間としてはいぶかしく思うのだが、そのなんにもないところこそが魅力なのだそうだ。以前、ガジュマルの店が土産物屋だった頃に、店主の親父がもっともらしく言っていた。気忙《きぜわ》しい日常に疲れた都会人にとっては、ただただ海をぼうっと眺めることが、立派な旅の目的になりうるらしい。

実際、この島にはある種の人々を引き寄せる力があるようで、定期的に通ってくる常連もいる。そのうちに島民とも顔なじみになり、さらには、島への愛着が昂《こう》じて移住に踏み切った例もある。先代と先々代のガジュマルの店、つまり雑貨屋もパン屋も、そんな元旅行者が開いたのだ。いざ腰を据えて生活してみたら、期間限定の滞在とはやはり勝手が違ったのか、どちらも長続きはしなかったけれども。

今度の店主は、どうなのだろう。

見覚えのない顔だった。島へ越してきたばかりの移住者は、新しい暮らしへの期待と熱意に満ちあふれ、よくも悪くも肩に力が入っているのが伝わってくるものだが、彼からはその手の気合も気負いも感じられなかった。ふだんなら、新参者がやってきたとなれば村中でうわさが飛びかうところなのに、今回に限っては話題に上っていないのも不思議だ。

不思議といえば、彼はなんだか謎めいたことも言っていた。

書留の受取証に認印をもらった後、少し立ち話をしたのだった。あのオルゴール店は、新たに開業したわけではなく、よそから移転してきたらしい。店主自らがオルゴールの製作も手がけるという。チラシには、相談すれば「お客様にぴったりの音楽」をすすめてもらえると書いてあった。客の好みや要望に応じて、ふさわしい曲を提案してくれるということだろう。

「難しそうですね」

祐生が言うと、店主はにこにこして首を横に振った。

「いえいえ、そんな複雑なことをするわけじゃないですから。僕はただ、お客様の心の中に流れている音楽を聴かせていただくだけで」

心の中に流れている音楽――あれはどういう意味だろう。このところ、頭の中でずっと流れ続けている曲なら、祐生にもあるのだが。

港周辺の配達をすませ、海沿いの道をたどって南ノ浜の民宿と東ノ浜の灯台にも寄ってから、郵便局まで引き返した。鬱蒼《うっそう》と茂った林の中、曲がりくねった細い小道をゆっくり走る。

苔《こけ》むした石造りの鳥居の前を通り過ぎようとしたとき、鮮やかな赤いものが視界の端を横ぎった。祐生はブレーキをかけ、ななめ後ろを振り向いた。

「ババ様」

「おお、ユウか。ひさしぶりだね」

ババ様は腕いっぱいに真紅のハイビスカスを抱えて、すたすたと近づいてきた。

配達員として手紙の宛名を目にするまで、祐生はババ様の本名を知らなかった。おそらく、ほとんどの島人が知らないはずだ。幼い頃に家で質問したら、両親も答えられず、「ババ様はババ様だよ」と受け流されて終わった。

「仕事中かい。お疲れさん」

ババ様は小学生くらいの背丈しかないので、祐生は見上げられるかたちになる。日焼けした肌はしわくちゃで、髪は真っ白だ。それでいて眼光は鋭く、身のこなしも軽い。島の子どもたちの間では、ババ様は不老不死だとまことしやかに言われている。確かに、祐生が物心ついたときから——ということは、かれこれ二十数年も——見た目はほぼ変わっていない。

「今日はもうだいたい終わって、戻るところ。ババ様も仕事中？」

満開の赤い花束に目をやって、問いかけた。

ババ様の仕事にも、明確な名前はついていない。島神様にお仕えしているのだから、一般的な表現でいえば神主か巫女《みこ》あたりが近いのだろうが、どこか違う気がする。これも、ババ様はババ様だとしか言いようがない。

島神様への供物《くもつ》はふたつ、歌と花だ。歌うことと花を捧げることが、ババ様の具体的な役目になる。

ここには古くから歌い継がれてきた島唄がいくつもある。歌詞には昔の島言葉が使われていて、祐生のような若い者にはほとんど意味がわからない。わからないまま、幼い子どもたちはおとなをまねして歌い、歌っているうちに覚えてしまう。

小学校の音楽の時間に、祐生ははじめてそれぞれの歌にこめられた意図を教わった。豊作を感謝する歌があり、病人の快復を祈る歌があり、雨乞いの歌があった。そう知った後は、なにげなく歌っていた旋律にも、内容にふさわしい雰囲気が感じられた。大漁を寿《ことほ》ぐ歌は晴れやかで、死者の魂を鎮める歌はもの悲しく、旅立つ者を送る歌は勇壮ながらそこはかとなくせつない。先生の解説を聞いて、祐生は落ち着かない気分になってきた。知らなかったとはいえ、本来の趣旨をまるきり無視してでたらめに歌っていたのはまずかっただろうと思ったのだ。島神様も怒っているかもしれない。

教え子の不安を察したのか、そんなに堅苦しく考えないで、と先生は明るく言った。歌詞の意味にこだわりすぎず、歌いたくなったらいつでも歌えばいい。島神様は音楽が大好きだから、どんな歌でも喜んで下さるよ、と。そう言われてみれば、どの曲をどういうときに歌うか、おとなたちもあまり気にしている様子はなかった。父はよく風呂場で婚礼の歌を熱唱しているし、母は料理の合間に船出の歌を口ずさんでいる。祐生たちと同じように、それでいいと学校で教わったのだろうか。

　もちろん、ババ様だけは別である。村の祭で、結婚式で、また葬式で、その場に合わせた曲を披露する。

　はじめてババ様の歌を聴いたときの衝撃は、忘れられない。

　祭の夜だった。集落の中心にある広場は、村人たちでごった返していた。祐生ははぐれないように、両親に片方ずつ手をつないでもらっていた。三歳だったか四歳だったか、まだ幼稚園にも上がっていなかった。

「ほら、ババ様が歌いなさるよ」

　母にささやきかけられた直後に、人垣の向こうから澄んだ歌声が聞こえてきた。力強く、みずみずしく、やせた老女のものとは信じがたい迫力がみなぎっていた。

「見えないだろ。肩車しようか」

　父にひょいとかつぎあげられて、祐生の視界は一気にひらけた。あかあかと燃えさかる篝火《かがりび》の前で、ババ様が歌っていた。純白の装束に身を包み、金色の冠のようなものをかぶっている。揺らめく炎に照らされて体の後ろに長い影が伸び、ふだんより何倍も大きく見えた。日頃はおとなにせよ子どもにせよ、ひとりが歌い出せば周りの皆も我先にと加わって大合唱になるのが常なのに、このときばかりは誰もが沈黙を守り、みごとな独唱にひたすら耳を傾けていた。祭事でババ様が歌うと必ずそうなるのだ。

あんなふうに歌えたら、どんなにいいだろう。毎回とは言わない。たった一度でかまわない。

「どうした、ユウ？　暗い顔して」

ババ様にたずねられ、「いや、別に」と祐生は口ごもった。あたりさわりのなさそうな話題を振ってみる。

「そういえば、ガジュマルの店が新しくなったよ。ババ様、知ってる？」

質問形で結んだものの、答えは予想がついていた。ババ様は島のことならなんでも知っている。

「ああ、そうだってね」

案の定、ババ様は無造作にうなずいた。

「行ってみた？」

「いいや」

さして関心があるふうでもないけれど、ここまで話したついでに、祐生は制服のポケットから店のチラシをひっぱり出して見せた。別れ際に店主から渡されたのだ。

「こんな細かい字は読めないよ。あんた、読んでおくれ」

ババ様は言う。まったく気にならないわけでもないのかもしれない。どんなときでも表情が変わらないので、本心が読みとれない。

「オルゴールの器械には、文字どおり櫛《くし》のかたちをした櫛歯と、円筒形のシリンダーが組みこまれています」

チラシの文章を、祐生は声に出して読みあげた。

「櫛歯はピアノの鍵盤《けんばん》と同じように、数が多いほど音域が広くなります。歯の数にちなんで、一八弁、三〇弁、などと呼ばれ、一四四弁という大型のものまであります。この櫛歯を、シリンダーにつけた突起ではじいて音を出します。シリンダーの回転方法によって、手回し式とぜんまい式があります」

ババ様はふむふむとうなずいている。

「オルゴールをお求めいただく際には、上記の器械の種類とあわせ、曲目と外箱も決めていただきます。曲目は、既製品の中から選ぶことも、お好きなメロディーをオーダーメイドで作ることもできます。ご相談いただければ、耳利《みみき》きの職人が、お客様にぴったりの音楽をおすすめします。外箱は色や素材を選べるほか、絵を描いたり飾りつけをしたりもできます」

下のほうに値段の目安も書いてある。器械や箱の種類によって、千円台から数十万円の高級品まで、ばらつきがある。専門店があることからしても、けっこう奥が深いものなのかもしれない。

「耳利き、か。おもしろいね」

ババ様は存外興味をそそられたようだ。

「店のひとは、心の中に流れてる音楽を聴くとか言ってたけどね。どういう意味かな？」

祐生は言い足した。あの店主は悪いひとにも見えなかったが、こうしてあらためて口にしてみると、少々うさんくさい感じも否めない。

ババ様が祐生の顔をじろりと見た。

「ひとつ作ってもらったらどうだい」

相変わらずの無表情で言い、ふんふんと鼻歌を歌いはじめる。

祐生はぎょっとしてチラシを取り落としかけた。それはまさに、祐生の脳内でしつこく響いているメロディーだったから。

「ババ様にも聞こえるわけ？　その、心の中に流れてる音楽、ってやつ」

ババ様は島神様の声を聞きとれるというし、あながちありえない話でもない。

「そんなわけないだろう」

ババ様がふんと鼻を鳴らした。珍しく、うっすらと微笑《ほほえ》んでいる。

「さっき聞こえたのさ、あんたが走ってきたときにね。練習かい？」

かっと頬がほてり、祐生は無言で下を向いた。

練習していたわけではない。気がついたらこれが頭の中で鳴っているのだ。無意識のうちに声までもれてしまっていたなんて、そうとう重症かもしれない。

島唄の中でも人気のある一曲だ。曲名はカナンタという。村の寄りあいや親戚の集まりで、宴が興に乗って歌合戦がはじまると、たいてい一度は耳にする。これも本来の意味あいからすれば、そんなところで酔っぱらいに歌われるべき曲ではないのだが。

なにせ、求婚の歌である。

「那奈美《ななみ》にも最近会ってないね。元気かい？」

「うん」

短く答えた祐生の肩を、ババ様がぽんとたたいた。

「まあ、がんばんなさい」

「でもおれ、歌、下手だから」

音痴というわけではない、と思う。ただ、もともと声が大きくない上、声域も狭い。無理やり高音を出そうとすると声が貧相に震え、最悪の場合は裏返ってしまう。しかも、カナンタはサビのところで転調を繰り返しながら徐々に盛りあがっていくから、音程をとるのが難しい。

「歌ってのはね、うまけりゃいいってもんじゃないんだよ」

ババ様にひたと見据えられ、祐生は目をそらした。島で随一の美声と歌唱力の持ち主に慰めてもらったところで、説得力がない。

「他人と比べる必要もないしね」

ババ様はすましてつけ足した。やっぱりこのひとは相手の心を見透かせるんじゃないか、と祐生はまたもや疑ってしまう。

那奈美は祐生の幼なじみだ。幼稚園から中学校まで、唯一の同級生でもあった。親どうしも仲がよく、友達というより家族みたいに育った。同じ学年といっても、祐生が四月生まれで那奈美は三月生まれなので、年子の兄妹のような感覚もあった。性格にも相通じるものがあって、目立つことが苦手なところや、やや優柔不断なところ、何事もじっくりと考えてから行動に移すところなんかも似ている。祐生にとっては、実の兄や姉よりも近しく感じられるくらいだった。

中学を卒業したふたりは、そろって本島の高校に進んだ。この島には高校がない。進学する子どもは家を離れ、寮に入るか下宿を探す。往復に二時間以上かかり、欠航も珍しくない船の便では、自宅からの通学はまず不可能だ。

新しい暮らしに、祐生も那奈美もはじめは戸惑った。ばかでかい校舎にも、大勢のクラスメイトにも、寮での共同生活にも。その上、離島出身の子どもはいじめられることもあるので気をつけろ、と兄たち卒業生からおどされてもいた。

「祐生は那奈美をしっかり守ってやれ」

と、島のおとなたちにも言い渡されていた。

「まあ心配ないか。お前は黙ってりゃ強そうに見えるからな」

祐生は生まれつき体が大きい。小学二年生にしてすでに、全校生の中で一番背が高かった。中学時代にいたっては、教職員まで含めても学校一だった。社会人になってからは運動不足で多少たるんでしまったものの、当時はひまさえあれば海にもぐっていたので、まずまずひきしまった筋肉質の体つきだった。

結論からいえば、祐生も那奈美もいじめられずにすんだ。

祐生の体格もいくらかは効果があったのかもしれないが、学校生活にすんなりとなじむことができたのは、なんといっても大地《だいち》のおかげだったと思う。

「お前、でかいな！」

入学式の日、初対面のクラスメイトにいきなり声をかけられて、祐生は面食らった。友達にからかわれたり、図体が大きいわりに気が小さいと兄や姉からばかにされたりすることはあっても、うらやましげな顔をされるのははじめてだった。

彼は祐生を質問攻めにした。牛乳はどのくらい飲んでいるか、魚は骨まで食べるのか、家族も背が高いのか。腹を下しやすいので牛乳はめったに飲まない、魚も食べるが肉のほうが好き、両親も兄姉も標準的な体型だと思う、と祐生はしどろもどろに答えた。

「そっか、やっぱり個人差なんだな」

無念そうに肩を落とされて、なんとなく申し訳ない気分になった。しかし彼はすぐにまたひとなつこい笑顔に戻った。

「おれ、大地。よろしくな」

大地が背丈にこだわるのは、バスケットボールのためだった。中学では部の主将をつとめていたそうだ。同年代の平均身長は上回っていても、選手としては「全然足りないんだよな」とこぼした。

祐生も一緒にバスケ部に入ろうという熱心な誘いは、固辞した。運動神経には自信がない。柔道部とラグビー部からの執拗《しつよう》な勧誘も、「すいません、こいつはバスケ部志望なんで」と大地がさっさと追いはらってくれた。結局、中学のときと同じ囲碁部に入った。

大地はクラスの人気者だった。運動も勉強もそつなくこなし、市内の中学出身で顔も広い。それがどういうわけか、地味な祐生と妙にうまが合った。大地が寮へ遊びに来たり、那奈美もまじえて出かけたり、バスケの試合を観にいったりもした。自分と似てひと見知りの那奈美も、大地とならばきっと仲よくなれるだろうと祐生はふんでいたが、そのとおりだった。大地と一緒にいると、那奈美はいつもよりよく笑い、口数も増えた。それも祐生と同じだった。

「那奈美のことが好きなんだ」

半年後、大地は本人に伝えるより先に、祐生に向かってそう告白した。

「つきあってほしいと思ってる」

祐生にとっては寝耳に水で、うろたえた。思い返せば、自分がうろたえているという事実にもまた、うろたえていたのかもしれない。

「なあ、祐生はどう思う？」

「どうって、おれに聞かれても」

かろうじて答えた。大地はいつになく神妙なおももちで食いさがった。

「正直に教えてくれよ。どう思う？」

「いいと思うよ。ただちょっと、びっくりしただけで」

そうだ、と祐生は自分で自分の言葉にうなずいた。胸がどきどきしているのは、驚いたせいに違いなかった。

大地はフリースローで完璧なシュートを決めたときみたいな顔をした。

「ありがとう。祐生に応援してもらえたら、うまくいく気がする」

「もちろん応援するよ」

うそではなかった。ふたりを応援しなければ、と祐生は思った。那奈美が変な男とつきあうのは賛成できないけれど、相手が大地ならなにも心配ない。いいやつだし、気心も知れている。なにより、大地と一緒にいると楽しい。断る理由はどこにもない。那奈美もそう考えるはずだ、とも祐生にはわかっていた。

那奈美と大地がつきあいはじめてからは、当然ながら、三人で過ごす時間は減った。大地はなにかと誘ってくれたが、じゃまをするのも気がひけて、祐生のほうから辞退した。高二になって祐生だけクラスが離れてしまい、ますます疎遠になった。少しさびしい気はしたものの、そのうち慣れた。祐生は祐生で他に友達もでき、それなりに楽しくやっていた。

時折、仲睦《なかむつ》まじく並んで歩くふたりを見かけた。遠目に見ても、那奈美はきれいになっていた。中学までは実年齢よりも幼げだったのに、みちがえるほどおとなっぽくなってもいた。恋をしているからだと、そういうことには疎《うと》い祐生にさえ察せられた。大地のほうは、ずいぶん背が伸びたようだった。隣にいる那奈美が小柄なせいで、なおさら大きく感じられたのかもしれない。

週末、祐生はガジュマルの店に足を運んだ。今月末にひかえた那奈美の誕生日に、カナンタの曲が入ったオルゴールを贈ろうと考えついたのだ。

カナンタを使うからには、むろん単なる誕生日プレゼントではない。祐生は那奈美に結婚を申しこむつもりだ。みっともなくかすれた歌声よりは、オルゴールの可憐な音色のほうが、伴奏としてふさわしいだろう。

島で結婚式があると、プロポーズにあたってカナンタを歌ったかどうかが話題に上る。祐生の祖父母くらいの世代までは、きちんと歌っておかないと島神様の祝福を受けられず、ひいては夫婦の仲がこじれると信じられていたらしいが、今ではそんなことを口にするご老体も少なくなった。とはいえ、若者の間でこの風習が完全にすたれたわけでもない。好きな男に愛をこめてカナンタを歌ってもらうのが夢だという女性も、実はけっこういる。

祐生の印象では、新郎のうちカナンタを歌った者と歌わなかった者の比率は、だいたい半々だ。自発的に歌ったという例もあれば、歌ってほしいと新婦から頼まれた、祖父母や両親に諭された、などと消極的な理由もある。新婚夫婦のその後をたどってみると、歌ったからといって必ずしも家庭円満が保証されるようでもなく、逆もまたしかりだ。島神様のご利益も祟《たた》りもないのであれば、歌おうが歌うまいが、本人たちの好きにしたらいいということになる。

でも祐生は、どうしても那奈美にカナンタを贈りたい。もっと正確にいうなら、贈り直したい。

「こちらへどうぞ」

店主に椅子をすすめられ、テーブルを挟んで彼と向かいあう。

「オーダーメイドのオルゴールをご希望、ということですね。曲目はもうお決まりですか」

「ええと、この島の古い民謡なんですけど……」

祐生は言いよどんだ。島外から引っ越してきたばかりの彼には、カナンタという固有名詞は通じないだろう。どうやってメロディーを伝えるか、そういえば考えてこなかった。歌ってみせるのも恥ずかしいし、音程がずれていたらまずい。

祐生がもじもじしている間に、店主はレジ台の裏から小さなキーボードを出してテーブルに置いた。気遣いはありがたいが、祐生には頭の中の旋律を鍵盤へ移す技量もない。やはり歌うしかないかと腹をくくりかけたとき、

「あの、もしかして」

と、彼が言った。キーボードの鍵盤に指をすべらせる。

「この曲ですか？」

電子音だといささか雰囲気が異なるものの、間違いなくカナンタだった。祐生は勢いこんでうなずいた。

「そうです、それです」

安堵《あんど》した半面、ふと疑問がわいた。音楽を扱う商売柄、島唄を知っていてもおかしくないのかもしれないが、なぜカナンタだと即座に特定できたのだろう？　まさか本当に、祐生の「心の中に流れる音楽」が聞こえたとでもいうのだろうか？

そこまで考えたところで、練習かい、というババ様の声がよみがえった。

あの日、祐生は林の中をスクーターで走りながら、自分では意識せずにカナンタを歌っていたらしい。もしかして、その前にここへ書留を届けに来たときも、同じだったのだろうか。店主が奥から出てくるまで店内は無人だった。誰もいないのをいいことに、知らず知らずのうちにカナンタを口ずさんでしまっていたのかもしれない。

いたたまれなくなって、うつむいた。親しいわけでもない、それも、ある意味では音楽の専門家といえる相手に、下手くそな歌声を聞かれていたことになる。

「少々お待ち下さい。メモをとらせていただきますね」

客の動揺に気づいているのかどうか、店主は事務的に告げた。五線紙のノートをテーブルに広げ、その傍らに透明な器具のようなものを置く。ことり、と小さな音がした。

なんだろう。

祐生は上目遣いに彼をうかがった。左の耳もとに手をやっている。那奈美がピアスをつけるときのようなしぐさである。だが、店主の耳にひっかかっているのは、ピアスではない。

ノートの脇に置かれた器具とそっくり同じものを、彼は左耳からはずした。ふたつ並べると、無線式のイヤフォンか、あるいは補聴器のように見えなくもない。長めの髪に隠れていて気づかなかった。オルゴールとなにか関係があるのだろうか。

客の視線にはかまわず、店主は五線紙にペンを走らせはじめた。すさまじい勢いで音符を書き入れていく。先ほどまでとは別人のように顔つきが険しい。記憶を頼りに音楽を紙の上に再現していくわけだから、かなりの集中力が必要なのかもしれない。祐生は半ば気圧《けお》されつつ見守った。

ペンを置くなり、店主は再びにこやかな表情に戻った。ノートを閉じ、はずしていた器具を手早く耳につけ直す。

「お待たせしました。では、この曲でお作りしますね。器械の種類と外箱も選んでいただけますか？」

オルゴールの器械は、すすめられた音域のものが予算内だったので、それにした。外箱は、いくつか出してもらった見本の中から選んだ。両手のひらにおさまる大きさの、こげ茶色の木箱だ。ふたの四隅に乳白色の星の模様があしらわれている。石をはめこんであるのかと思ったら、貝らしい。螺鈿《らでん》細工というのだと店主が教えてくれた。

「ちなみに、こちらはご自宅用でしょうか？　それともプレゼントですか？」

たずねられ、祐生はわずかに気が軽くなった。もし彼がカナンタの謂《いわ》れまで承知していると
したら、こんな質問はしないだろう。

「プレゼントです」

「では、リボンをかけさせていただきますね。三日ほどでできあがりますので、それ以降に受
けとりにいらして下さい。お代もそのときにちょうだいします」

店主はすらすらと説明した。

「本日は以上です。他になにか、ご質問はありませんか？」

「ひとつ、いいですか？」

この間からずっと気になっていたことを、祐生はおずおずと聞いてみた。

「こないだ、心の中に流れている音楽って言ってましたよね？　あれって、どういう意味です
か？　好きな音楽ってことですか？」

「必ずしもそうとは限りません」

店主は言葉を探すように首をかしげた。

「強いていえば、記憶に残っている音楽ということになります」

「記憶……」

思わず、ため息がもれた。那奈美の「心の中に流れている音楽」もカナンタだったら、どうしよう。

高校を卒業した後、祐生は地元に戻って働くことにした。一方で、那奈美は本島にとどまり、美容系の専門学校に入った。

新学期がはじまるまでのひと月ばかり、那奈美は実家に帰省していた。その間に、大地も島へ遊びに来た。たちどころに那奈美の家族と仲よくなったのはさすがだった。島の人々ともすっかりうちとけていた。

祐生も四月の新人研修までひまだったから、釣りにつきあったり、浜辺で遊んだり、那奈美の家で一緒に食事をごちそうになったりもした。ともに過ごすのはひさしぶりで、ぎくしゃくするのではないかと内心身構えていたが、まったくの杞憂《きゆう》だった。高一の二学期まで時間が巻き戻されたかのごとく、ごく自然に話がはずんだ。時には祐生の知らない固有名詞も出てくるけれど、クラスメイトの名前であれ、映画の題名であれ、那奈美か大地がすばやく補足してくれる。ちょうど、知りあってまもない頃、島の暮らしやババ様の存在なんかについて祐生と那奈美がかわるがわる大地に解説していたように。

大地が帰る前日の晩に、三人で砂浜に出て花火をした。よく晴れていて月が明るかった。まずは打ち上げ花火に大地が次々と火をつけ、手持ち花火を経て、最後は線香花火でしめた。誰が一番長持ちさせられるか競争した。オレンジ色に輝く一粒の炎がぽとりと落ちてしまうまで、そろって息を詰めていると、急に波の音がくっきりと聞こえた。何度やっても大地が最初に負けて、しきりに悔しがっていた。

片づけをすませて帰る段になって、やおら大地が歌い出した。

祐生はあっけにとられた。カナンタだった。歌詞はうろ覚えのようで、ところどころハミングが挟まるものの、音程はしっかり合っている。薄暗い中でも、那奈美の顔がみるみる赤く染まっていくのが見てとれた。

「ご静聴、ありがとうございましたっ」

朗々と歌い終えた大地は、冗談めかしてぺこりと一礼した。感想をのべるべき那奈美はといえば、凍りついたように棒立ちしている。しかたなく祐生が口を開いた。

「歌、うまいんだな」

なんでもできるやつだと感心していたが、歌までうまいとは知らなかった。

「ありがとう」

大地が無邪気に応える。

「好きな女にはこれを歌え、って習ったんだ」

「習った？　誰に？」

「知らないおっさんに。行きの高速船で」

含みのない口ぶりからして、カナンタに秘められた真の意味までは教わらなかったようだった。この島特有の、情熱的なラブソングだとでも解釈したのだろう。

帰り道でも那奈美は押し黙っていた。大地もそれきり歌の話題にはふれなかった。喜ばせるつもりだったのにあてがはずれて、鼻白んだのかもしれない。

三人で暗い道を黙々と歩いたあの夜のことを、祐生は最近よく思い出す。

那奈美のそっけない態度は、気恥ずかしかったからだとばかり思っていたけれど、違ったのかもしれない。たとえ大地がカナンタの由来も知らず、軽い気持ちで歌ったのだとしても、やっぱりうれしかったんじゃないか。大好きな相手から愛の歌を捧げられて、感激したんじゃないか。だからむだなお喋りはせず、もしくはそんな余裕もなく、ひそかに余韻をかみしめていたんじゃないか。

その後、那奈美とも大地とも、会う機会は数えるほどしかなかった。たまに母親を通して那奈美の近況が耳に入った。本島で就職した大地との交際は順調に続いているようだった。那奈美はもう島には戻らないだろう、と祐生はほとんど確信していた。

だから、島内の床屋でひさびさに再会したときには、仰天した。

祐生は配達中だった。小包を抱えて店に入ったら、店主の他にもうひとり、白い上衣《うわぎ》を着た店員が客の髪を切っていた。入口に背を向けていて顔は見えないが、祐生と同じくらいの短髪だった。それで、男だと早とちりした。

新しい店員が増えたことには、さほど驚かなかった。七十過ぎの店主は、早く引退したいとつねづねぼやいていた。しかしこの店をたたまれたら、島には床屋が一軒もなくなる。いちいち本島まで出向くのは面倒だから続けてくれと客たちから懇願され、しぶしぶ踏みとどまっていたのだ。

「よかったですね」

作業を中断して荷物を受けとりにきた老店主に、祐生は言った。「よかったよう」と彼は相《そう》好《ごう》をくずした。

「そういやお前ら、年齢《とし》が近いんじゃねえか？」

声をかけられた新入りの彼が、振り向いた。

彼ではなくて、彼女だった。ショートカットの那奈美は中途半端な笑みを浮かべていた。どんな顔をすればいいのか決めかねたという感じだった。どんな顔をすればいいのか、考える猶予も与えられなかった祐生のほうは、ぶざまな間抜け面《づら》をしていたはずだ。

床屋の店主ばかりでなく島人たちも、那奈美の帰還を歓迎した。何年も本島の美容院で働いてきて、腕は確かだったし、女性客も増えて店は繁盛した。けれど祐生の目には、愛想よく接客する那奈美が、どことなく疲れているように感じられた。少しばかり、無理をしているようにも。

配達がてら他愛のない世間話をかわしたり、飲みに行こうと誘ったりしたのは、気分転換になればと考えたからだ。下心があったわけではない。純粋に、幼なじみを元気づけたい一心だった。その時点では、まだ。

そもそも祐生には恋人がいた。本島の研修で知りあった後輩局員と、遠距離恋愛中だった。誤解されるのもいやなので、祐生は彼女にも那奈美の話を正直に伝えた。友達として力になりたいのだと説明し、一度は納得してもらえたものの、半年後にふられた。今思えば、勘のいい彼女は恋人の気持ちの変化をかぎとっていたのかもしれない。ひょっとしたら、祐生本人よりも敏感に、また的確に。

別れたのは年末だった。時節柄仕事が忙しく、幸か不幸か、さびしがっているひまもなかった。元日からは例年どおり年賀状の配達に追われた。

そして、見つけてしまった。

年賀状は宛先ごとに輪ゴムでまとめられている。那奈美に届けるべき一束は薄かった。その一番上に、よりにもよって、祐生もよく知っている名前が記されていた。那奈美が島に舞い戻って以来、決して口にしようとしない名が。

とっさに裏をめくった。写真が印刷してあった。タキシード姿の大地が、ウェディングドレスを着た見知らぬ花嫁と腕を組み、幸福そうに寄り添っていた。

考えるより先に、祐生ははがきを破っていた。

びりびりと縦半分に裂いたところで、理性を取り戻した。愕然《がくぜん》とした。郵便配達員として、いや、人間としても、絶対にやってはいけないことをやってしまった。

平謝りする祐生を、那奈美は責めなかった。ばらばらになった新郎と新婦を左右の手に持って、苦笑してみせた。

「心配しないで、わたしは大丈夫だから。結婚式にも招待されたの。それで年賀状も来たんだよ」

祐生はうなだれた。猛烈に気まずかった。ひとりごとのように、那奈美は続けた。

「大地らしいよね。悪気はないの。もし逆の立場だったら、自分は祝福できると思ってるんだよね。実際、大地はそうするだろうし」

高校生だった大地から、那奈美に恋をしていると打ち明けられたときのことを、祐生は不意に思い出した。応援してほしいと言われた。応援してもらえると微塵《みじん》も疑っていない、屈託のないまなざしで。

「大地はいつもそう。明るくて、まっすぐで。こっちも元気ならいいんだけど、社会人になったらいろいろあるし、きつくなってきて」

那奈美は遠くを見るような目をして、「わたしたち、全然違うんだもの」とつぶやいた。

「だってわたし、やっぱり、おめでとうって思えない」

力なく笑い、まっぷたつになった年賀状をひらひらと振る。

「だけど、祐生がこんなことするなんてね」

「ごめん」

祐生は身を縮めて繰り返した。衝動にあおられて行動するなんて柄じゃないと、自分自身が一番よくわかっている。

「なんで謝るの？　ほめてるのに」

おそるおそる、祐生は那奈美の顔をうかがった。微笑んでいる。

「おかげで、わざわざ破る手間が省けたよ」


那奈美の誕生日に向けて、祐生は何週間も前から計画を練っていた。当日の土曜は、仕事の後に夕方の船で本島に渡る。ちょっと高級なレストランで食事をして、同じくちょっと高級なホテルに一泊する。翌日はふたりとも休みなのでゆっくりできる。レストランもホテルも予約をすませ、カナンタのオルゴールも無事に受けとった。

準備万端で迎えたその日、朝の高速船が欠航になったと知って青ざめた。

よく晴れているのに、沖では波が高いらしい。夕方までにおさまってくれと必死に念じていたのもむなしく、昼の便も、また祐生たちが乗るはずだった最終便も、相次いで運休が決まってしまった。

からりと高い青空を、祐生は恨めしく見上げた。幸先が悪い。ただでさえ自信がないというのに。

那奈美が大地に未練を持っているとは思わない。いいかげんな気持ちで祐生とつきあっているとも思わない。でも、結婚となると話が違う。日頃はおおむね那奈美の考えていることは見当がつくのだが、これぱっかりはよくわからない。結婚願望があるのかどうかさえ、はっきりしない。

探りを入れようにも、結婚という言葉を口にしようとするたびに、祐生の脳裏にはあの新郎新婦の写真がちらつく。いつのまにか、花嫁は那奈美の顔になっている。花婿の顔も入れ替えられればいいのだけれど、どうもうまくいかなくて、祐生は心の中でまたもやはがきを破くはめになる。

大地と張りあうつもりはない。おととし那奈美とつきあいはじめたときに、そう決めた。張りあおうにも、どうせ勝てるのは身長と線香花火くらいだし、過ぎたことをくよくよと気に病むのも不毛だ。那奈美が大地の隣にいた頃の、光り輝くような笑顔も、思い出さないようにしている。那奈美本人も、思い出さないようにつとめている感じがする。けれど、ほんのちょっとしたきっかけで、記憶は軽々とよみがえる。たまたま昔の流行歌を耳にした拍子に、当時の自分がどこで誰となにをしていたか、鮮やかに思い浮かぶように。

過去はたやすく消せない。だから、新たに未来を積み重ねるしかない。祐生は祐生なりのやりかたで、想いを伝えるしかない。

夕方、仕事を終えた祐生は、床屋まで那奈美を迎えに行った。ちょうど最後の客が帰っていった後で、那奈美は店内を片づけていた。

白い上衣を脱ぐと、下から見たことのないワンピースが現れた。緑がかった青は、今日のように晴れた日の海と同じ色だ。

「なんか、ごめんな」

祐生は謝った。那奈美もこの日を楽しみにしてくれていたのだろう。

「ううん、祐生のせいじゃないし。お祝いしてもらえるだけでうれしいよ」

確かに祐生のせいではない。どんなにがんばっても天気は変えられない。しかし、努力ではどうにもならない次元でうまくいかないと天から暗示されているようでもあって、いよいよ気が滅入る。

ふたりで連れだって、おもてに出た。船の欠航を知ってすぐ、秋口に西ノ浜のそばにできたばかりの海鮮料理のレストランを予約し直した。島で最もしゃれた飲食店だ。観光客にも人気があり、週末は特に混むようだが、幸い席は空いていた。本島からの旅行者も足どめを食っているのだろう。

時間があるので歩いていくことにした。坂道を下る間に、日が暮れてきた。沈みゆく太陽がやけに大きく見える。空も海も茜色《あかねいろ》に染まっている。

「きれいだね」

祐生と那奈美の声がそろった。顔を見あわせて小さく笑う。ふたりの間ではわりとよくあることなのだ。

「浜のほうも、ちょっと寄ってくか？」

祐生は言ってみた。西ノ浜から望む日の入りは絶景だ。これまた観光客の間で絶大な人気を誇る場所だけれど、今日なら空いているかもしれない。

予想に違わず、夕暮れの砂浜にはひとけがなかった。

「誰もいないね。珍しい」

那奈美がはずんだ足どりで波打ち際まで歩いていく。海風にワンピースの裾がはたはたとひるがえる。

「ねえ、沈むまでここで見てていい？」

そうしようと祐生もまさに言おうとしていたところだった。浜辺に転がった流木に腰かける。戻ってきた那奈美が楽しそうに頭上をあおいだ。

「空が火事だね」

「ああ、なつかしいな」

昔、子どもどうしで遊んでいたときに、「あれは空が燃えてるんだぜ」と祐生の兄にからかわれたのだった。「ひどくなったら島にも燃え移るぞ」とおどされたのを真に受けて、祐生も那奈美も泣きそうになった。

「いざとなったら海の水で消そうって相談したよね」

「そうそう。で、親父にも話したら、でたらめ言うなって兄貴がしかられて」

「それで祐生が、告げ口するなってやつあたりされて」

那奈美がくすくす笑い、祐生の隣にすとんと腰を下ろした。

「今日の夕焼け、ほんとにきれいだね」

祐生は夕日よりも、そのまばゆい光で縁どられた那奈美の横顔にみとれてしまう。痛々しいほど短かった髪が、今はあごの下まで伸びている。

「ゆっくり見られてよかった。船が欠航してくれたおかげだね」

那奈美が祐生のほうに向き直って、にっこりした。

気づけば、祐生の顔もほころんでいた。那奈美のこういうところが好きなんだ、と思う。不本意な予定変更を思いがけない幸運であるかのように言ってくれる、優しさとたくましさが。まるで陳腐な青春ドラマみたいに、好きだ、と海に向かって叫び出したい気持ちにかられる。

祐生は深呼吸した。叫ぶかわりに、

「那奈美、これ」

とリボンのかかった小さな紙箱を那奈美に差し出す。夕食の後に渡す予定だったが、今しかないという気がした。

「なあに？　見てもいい？」

那奈美がリボンをほどいた。中からもうひとつ、今度は木製の箱が現れる。

「わあ、かわいい。ありがとう」

「ちょっと貸して」

祐生はオルゴールをひきとって、底のぜんまいをきりきりと巻いた。愛らしい音色が流れ出す。

那奈美が目を見開いた。そして、祐生に抱きついてきた。

オルゴールを落とさないように用心して、祐生も那奈美の背に手を回した。華奢《きゃしゃ》な体がすっぽりと腕の中におさまる。胸の鼓動が聞こえる。それが那奈美のものなのか自分のものなのか、ぴったりくっついているせいでよくわからなくなってくる。

カナンタの主旋律は何度も繰り返され、やがて間延びしてとまった。那奈美が祐生の耳もとでささやいた。

「もう一回、聴かせて」

祐生は右手でオルゴールを持ち直して、左手の親指とひとさし指でぜんまいをつまんだ。そこで、気が変わった。

めいっぱい息を吸いこんでから、祐生は歌いはじめた。唇がふれそうなほど近くにある形のいい耳に、語りかけるように。

歌い終わってしまうと、にわかに照れくさくなった。那奈美の顔を見る勇気が出ず、細い肩にあごをのせて息をととのえる。正面に広がる海の、水平線ぎりぎりまで近づいた西日がまぶしい。視界が隅々まで光に満たされている。

と、那奈美が歌い出した。

かぼそい歌声を、祐生はぽかんとして聴いた。カナンタのメロディーだ。だが歌詞が微妙に違う。

「祐生も知らなかったでしょ？」

歌い終えた那奈美がそっと体を離して、祐生の顔をのぞきこんだ。

「カナンタには二番があるんだよ」

この間、散髪にやってきたババ様が教えてくれたそうだ。人生をともに歩んでいこうと訴えかける一番の歌詞を受けた、承諾の言葉が織りこまれているという。なぜか一番ばかりが有名になって二番は影が薄い、と不満げに言っていたらしい。

「ね、わたしも鳴らしてみていい？」

祐生はうなずき、オルゴールを返した。那奈美が慎重な手つきでぜんまいを巻く。

「これ、中に器械が入ってるんだよね？」

「うん。開けてみな」

木箱の内側はふたつにしきられ、右側に精巧な金色の器械が組みこまれている。そして左側に、祐生は贈りものをもうひとつ入れておいた。

ふたを開けた那奈美が、また目をみはった。

祐生はオルゴールに合わせて一番の歌詞を口ずさみながら、那奈美の左手をとった。ほっそりした薬指に指輪をはめる。小さな宝石が、夕日を受けて七色にきらめいた。

バカンス

飛行機を降りたら、そこはまだ夏だった。

到着口をめざして通路を歩きながら、理央《りお》はトレンチコートを脱ぎ、さらにニットの袖をひじの下までたくしあげた。着陸前の機内放送によれば、市中の気温は二十八度らしい。窓の外に広がっている空の色からして、東京のそれとは違う。ガラス越しに照りつけてくる強烈な陽ざしで目が痛い。とても十一月とは思えない。

いつのまにやら、周りの人々もずいぶん薄着になっている。半袖のTシャツや派手な柄のアロハシャツが目につく。短パンにビーチサンダル姿の若者までいる。機内で着替えたのだろうか。羽田の出発ロビーでは、そんな季節はずれの格好は見かけなかった。しかし今や理央のショートブーツのほうが浮いている。

いや、足もとがどうこうという以前に、わたしはここに来てよかったのか。根本的な問いが頭をよぎり、足が重くなる。昨日ひらめいたときには、悪くない思いつきだと自信があったのだけれど。

にぎやかな男女の団体が理央を追い越していく。軽装の人間は心まで軽そうに見えるのはなぜだろう。目をそらし、かばんの内ポケットから携帯電話を取り出した。機内モードを解除したとたんに着信履歴の通知が液晶画面に浮かぶ。三時間ほどの空の旅の間に、メッセージとメールが一件ずつ入っている。

メッセージは結衣《ゆい》からだった。出口のところで待ってるね、とごく簡潔な文面である。上司から届いたメールのほうは、同じく簡潔ながら、もう少し長かった。

お大事に。例の案件も一段落したところですし、無理せずゆっくり休んで下さい。

体調不良を理由に欠勤した部下が南の島にいると知ったら、きまじめな彼はどんな顔をするだろう。少しだけ良心が痛み、同時に、これも少しだけ気持ちがほぐれた。理央がこんなところにいるなんて、東京の友人知人は誰ひとり知らない。上司ばかりでなく同僚も、友達も親も、それに夫も。

背筋を伸ばし、歩みを速める。さっきの団体客を大股で抜き返してエスカレーターに乗った。まずは服を買おう。思いきりカラフルなワンピースを。ついでに、サングラスとビーチサンダルも。

到着ロビーでは、出迎えのボードをかかげた係員が待ちかまえていた。年齢や体格はまちまちだが、そろって彫りの深い目鼻だちで、肌の色が濃い。

彼らにまじって、結衣が手を振っていた。洗いざらしたTシャツに細身のデニムを合わせ、ヒールのないサンダルをつっかけている。

「お姉ちゃん、ひさしぶり」

しばらく会わない間に、かなり日に焼けている。元気そうだね、と理央は言いかけてやめた。そっちこそ、と軽く返してもらえなかったら気まずい。すたすたと歩き出した結衣の横に並び、たずねる。

「最後に会ったのって、いつだっけ?」

「お父さんの三回忌じゃない?」

「ってことは、去年?」

「いや、おととしだね。こっちに来てすぐだったもん、わたし」

妹が元気そうだと感じられたわけが、理央にも遅ればせながら腑《ふ》に落ちた。前回会ったときはまだ引っ越しの疲れをひきずっていたのだろう。長年住み慣れた東京を離れ、がらりと環境が変わったせいもあったのかもしれない。

結衣はダイビングが趣味で、海のきれいなところで暮らしてみたいとたびたび口にしてはいたものの、実行に移すとは予想外だった。しかも、湘南や伊豆ならともかく、はるか遠くの縁もゆかりもない島に、女ひとりで移り住むなんて。大胆というか、むこうみずというか、結衣には昔からそういうところがある。本人いわく、四十の大台に乗ったのを機に決意が固まったらしい。うまくやっていけるのかと理央も母も案じていたのだが、顔を見る限り調子は悪くなさそうだ。

屋外の駐車場は空いていた。赤い軽自動車に乗りこむと、結衣は手際よく車を発進させた。ひなたに停めてあった車内には、むっと熱気がこもっている。

「運転、うまいね」

助手席で理央は感心した。東京にいた頃は、姉と同じで免許すら持っていなかったのに、ハンドルさばきがなかなか堂に入っている。

「最初はこわかったけど、さすがに慣れた。海沿いのドライブとか、けっこう楽しいよ。お姉ちゃんも免許とってみれば？」

「今さらいいかなあ。教習所とかもめんどくさいし」

「ま、ずっと東京にいるんだったら、車がなくても困らないもんね」

理央も夫も東京で生まれ育ち、それぞれの実家も都内にある。現役で働いている間はもちろん、老後も東京に住み続けようと結婚当初から意見は一致していた。十年前に築浅の分譲マンションを買って、今もローンを半分ずつ払い続けている。陽あたり抜群で風通しもいい最上階の角部屋を、夫婦ともに気に入っていた。あの家で、これから先もずっと、ふたりで年を重ねていくのだと思っていた。

十分あまりで市街に入った。結衣のアパートに荷物を置いてから、近所のそば屋に連れていってもらった。テーブル席で向かいあい、郷土料理だという汁そばを注文する。

「結衣、時間は大丈夫なの？」

「うん。午後は二時半からだから、余裕」

結衣は歯科衛生士として働いている。飛行機の到着時刻がちょうど午前と午後の診療時間の中休みにあたっていて、空港まで迎えに来てくれたのだ。

「もうちょっと早く言ってくれたら、わたしも休みをとったのになあ」

残念そうに言う。

「ごめんね」

仕事の予定が急に変わってまとまった休みがとれた、と結衣には説明してある。いきなり押しかけるのも気がひけて、ホテルをとろうと考えていたのだが、うちに泊まりなよ、お金ももったいないし、と熱心にすすめられて甘えることにした。

「ううん、こっちこそ、案内できなくてごめん。あさっては休診日だからゆっくりできるよ。お姉ちゃん、どこ行きたい？」

「ええと、特に決めてないんだけど」

「えっ？　そうなの？」

結衣がいぶかしげな声を上げた。

「ごめん」

「いや、いいんだけどね。お姉ちゃんっぽくないなって、ちょっと思っただけ」

そのとおりだ。突然思いたってふらりと旅に出るなんて、結衣ならいざ知らず、ふだんの理央ならありえない。行き先を吟味し、綿密に計画を立て、荷物も完璧に準備しなければ落ち着かない。

「来る直前まで、ばたばたしちゃってたから」

あながち、うそでもない。日曜日から今日にかけては心身ともに激動の三日間だった。

「仕事、相変わらず忙しいんだ？」

「まあね」

理央は大学在学中に司法書士の資格をとり、大手の法律事務所に十五年以上も勤めていた。そこで親しくしていた先輩が独立開業し、声をかけられて転職したのが三年前のことだ。少し迷ったけれど、受けて正解だった。忙しくなった一方で、やりがいも収入も俄然《がぜん》増した。

「お姉ちゃんは働き者だもんねえ。何日も休めるなんて、めったにないんじゃないの？　どうせなら、お義兄《にい》さんも一緒に来ればよかったのに」

「いや、あっちも会社があるから」

返事が一拍遅れた。声も心なしかうわずってしまい、ひやりとする。気を取り直して話を変える。

「それより、結衣は最近どうなの？」

攻撃は最大の防御だ。姉妹の会話におけるその原則は、子ども部屋で二段ベッドの上下に眠っていた時代から変わらない。

「まあまあ、かな。お姉ちゃんにはどこまで話してたっけ？」

結衣が含み笑いをして頬杖をつく。

「ええと、大阪出身で、リゾートホテルで働いてて、趣味はダイビング、だよね？」

半年ほど前に、新しい恋人ができたと電話で報告された。彼も都会からの移住組で、引っ越しの相談に乗ってもらったのをきっかけに仲よくなったという。

「あと名前は……なんだっけ？」

きらきらした響きだった気がする。

「ヒカル」

「そうだ、聞いた聞いた」

話している途中で、そばが運ばれてきた。大きなどんぶり鉢から、ほかほかと湯気が立っている。

出汁《だし》のにおいに誘われて、箸をとった。あっさりした和風のスープに、ほろほろの豚肉と薄切りのかまぼこが浮いている。うどんともラーメンとも、似ているようでどこか違う。

「おいしいね」

「でしょ？　あ、これもよかったら」

結衣が卓上の小瓶をとった。七味かと思ったら、名産の島胡椒《しまこしょう》だという。理央も妹にならって、ぱらぱらと振りかけてみた。胡椒というよりシナモンのような甘い風味が加わった。

「いいね。スープによく合う」

「だよね？　ヒカルはなぜかだめなんだ。ややこしい味だって言って」

「ふうん。おいしいのにね」

でも、うちのだんなも苦手かも。こぼれそうになったひとことをのみこんで、理央は勢いよく麺をすする。

「あのさ、お姉ちゃん」

結衣がもの言いたげな顔で箸を置いたので、ぎくりとした。

「なあに？」

「実はね、ヒカルがお姉ちゃんに会ってみたいって。もしいやじゃなかったら、一緒に夕ごはんでも食べない？」

理央はそっと息を吐いて、笑顔を作った。

「ほんと？　わたしも会いたいよ」

「ありがと。じゃあ、連絡してみる」

「彼、年下なんだっけ？」

「うん。今年で三十二歳」

「若っ」

理央にとってはひと回りも年下になる。

「そう？」

「だって、結衣が二十歳のとき、まだ小学生ってことでしょ？」

「そんなに昔までさかのぼらないでよ」

結衣が苦笑した。

「しっかりしてるから、あんまり年の差は感じないよ。価値観もすごく合うの。お互い、海が好きすぎて、こんなとこまで来ちゃったどうしだしね」

それにね、といたずらっぽくつけ足す。

「ヒカルも結婚に興味がないんだよ」

結衣には結婚願望がない。それも、「結婚してもしなくてもどっちでもいい」というような、ゆるやかなものではない。十代のときから「絶対に結婚はしない」と断言している。

その気持ちは理央にも理解できなくはない。同じ家で、あの両親のもとで育ったのだから。

父は会社員で、母は専業主婦だった。ありふれた平凡な家庭だと周りには見えていただろう。

理央も結衣も、幼いうちはそう思っていた。父は毎晩帰りが遅く、休日出勤や出張も多かったけれど、家にいれば子どもたちをかわいがってくれた。優しげな顔だちは娘の目から見ても好もしく、すらりと背が高くて、「かっこいいお父さんだね」と友達にうらやましがられるたびに誇らしかった。唯一の不満は、父が忙しすぎることだった。父の留守が増えると母の機嫌も悪くなる。無理もない、と理央は子ども心に納得していた。父と過ごせる時間が減るのは、理央もさびしい。

父の不在が仕事のためだけではなかったと知るのは、もう少し先の話になる。

小学四、五年生くらいから、理央は母の愚痴を聞かされるようになった。父はとんでもない浮気性だったのだ。

理央は当然ながら父を嫌悪し、軽蔑した。数年遅れて真相を知った結衣もだ。それまで父を慕っていた分、よけいに傷ついた。たまに父が家にいるときは徹底的に避け、話しかけられても無視した。今にして思えば、女三人の強い結束が、父をいよいよ家から遠ざけたのかもしれない。これも当然ながら、両親は別れるべきだと理央は考えたのだが、当の母は頑《がん》として離婚を拒んだ。絶えず文句を言いながらも父の最期まで看とったのは、意地か執着か体面か、それとも奇妙な按配《あんばい》にねじれた愛情ゆえなのか、娘たちには解せなかった。延々と繰り返される恨みごとに閉口し、だから別れろって言ってるのに、といらだちもした。

それでも姉妹は母の味方だった。なにもかも父が悪いのだ。「お母さんがかわいそう」と言いあった。「お母さんみたいにはなりたくない」とも——こちらは、本人の前で口にするのははばかられたが。

　不幸な結婚をしたくないという想いは同じでも、姉と妹は異なる道を選んだ。

　幸福な結婚をしよう、と理央は決めた。片や結衣は、そもそも結婚などしないでおこう、と決めた。

「結婚は愛情の墓場だっていうけどさあ」

　父の四十九日だったか、一周忌だったか、結衣は墓地でぼそりとつぶやいた。

「ゴミ捨て場のほうが近くない？　だって、お墓ってちゃんと手入れするじゃない。こうやって掃除したり、お花を供えたり」

　うまいことを言うな、と理央は思った。

　愛情も、腐れば生ゴミのように臭気を放つ。あるいは、こわれて動かなくなり、がらくたと化す。埋葬も供養もされず、打ち捨てられて無残に朽ちていく。

「それはちょっと言いすぎなんじゃない？」

　一応妹をたしなめたのは、横で聞いていた夫が、それこそ墓石のように体を硬直させているのに気づいたからだ。結衣は姉夫婦を見比べ、にっこりしてみせた。

「もちろん、お姉ちゃんたちは違うけどね」

　翌朝、理央は出勤する結衣と一緒に家を出て、港へ向かった。ここから周辺の離島に向けて高速船やフェリーが出ている。

ゆうべは、結衣とヒカルの行きつけだという狭い居酒屋で飲んだ。理央がこのあたりにはじめて来たと知ると、ヒカルはずいと身を乗り出した。

「だったら、ぜひ離島にも行ってみて下さい」

「ここは離島じゃないの？」

素朴な疑問を口にしたところ、店主も客も、店内にいた全員から「違う、違う」「ここは本島だ」とくちぐちに反論された。近隣諸島のうち、とびぬけて面積が広く、人口も多い。役所、空港、高校、映画館などなど、他の島々にはないものもそろっているらしい。

本島と定期航路で結ばれている有人島は十近くある。ヒカルが店主に借りた地図を広げ、各島の特色を解説してくれた。昔ながらの集落が残ってます、水牛のひく車に乗れます、何年か前に映画のロケ地になりました。

その中で、「遠くて行きづらいし、なんにもないけど、めちゃくちゃ海がきれいです」という小島に、理央は心惹かれた。

「ここにしようかな」

地図の端っこにぽつんと浮かんだまるい島を指さした。ヒカルが結衣と顔を見あわせ、「さすが、姉妹ですね」とうなった。

「結衣ちゃんも最初に来たとき、一番遠くに行きたいって言ったんですよ」

切符売り場で往復券を買った。出航は三十分後で、その十分前から乗船できるらしい。がらんとした待合室のベンチに腰を下ろしたところで、携帯電話が震え出した。

夫からの着信だった。げんなりして放っていたら、ほどなく留守番電話に切り替わった。録音されたメッセージを再生する気にもなれない。どうせ、話しあいたいというのだろう。いくら話しあっても、夫の結論は変わらないくせに。

別れてほしい、と夫は言った。三日前、日曜日の夜のことだ。

理央は休日出勤を終えて帰宅し、夫と夕食をとった。ここひと月ばかり、週末も返上して働きづめで、ふたりで食事をするのはひさしぶりだった。夫はロールキャベツを作ってくれていた。理央の好物だ。激務で疲れ果てている妻へのねぎらいだろうと理央は解釈した。仕事がひと区切りつき、肩の荷が下りたおかげか食欲もあって、のんきにおかわりまでした。鈍いにもほどがある。

妻の皿が空になったのをみはからい、「話がある」と夫は深刻なおももちで切り出した。別れたい、好きなひとができた、その続きは断片的にしか覚えていない。ドラマや映画なら、泣きわめいたり夫に詰め寄ったりする場面だろうに、呆然《ぼうぜん》として声も出なかった。家を飛び出して、その晩はホテルに泊まった。一睡もできなかった。衝撃と混乱の後に、猛烈な怒りがこみあげてきた。

好きなひとができた？　そんなばかげた、高校生みたいな言い草で、二十年近くも連れ添ってきた妻をぽいと捨てるなんてありえない。思いどおりにはさせない。わたしは別れない。別れてあげない。

明くる朝は家に戻り、着替えてから出勤した。待ちかまえていた夫が話しかけてきたけれど、仕事に遅れるから、ととりあわなかった。事務所に着いたら、顔色が悪いと同僚に心配された。常日頃は納期のことしか頭にない上司にさえ、大丈夫かと声をかけられたくらいだから、よほどひどい顔をしていたようだ。実際のところ、おそろしく気分が悪かった。幸い仕事は山を越えたばかりだし、早退させてもらうことにした。

夫も出社した後で、無人の家は静かだった。リビングのソファにへたりこみ、膝を抱えて、理央はぼんやりと室内を見回した。平日の昼間に家にいるなんて、何年ぶりだろう。レースのカーテン越しに晩秋の陽ざしがさしこんでいる。ローテーブルの隅に、ガス料金の通知票と区の広報紙がのっている。壁際の棚には、新婚旅行のときに買ったアンティークの置き時計と、写真たてがいくつか並んでいる。結婚式の集合写真、旅先の記念写真、遊園地やコンサート会場で撮った一枚もある。仲のいい夫婦だとみんなから言われていた。理央自身もそのつもりだった。

たくさんの笑顔に見つめられて、いたたまれずに立ちあがる。寝室に入り、クローゼットから出した旅行かばんに、数日分の着替えを手あたりしだいに詰めこんだ。

どこに行こうか。実家に転がりこむのは母に詮索されそうで気が進まない。長期滞在型のホテルか、マンスリーマンションもいいかもしれない。ネットで検索しようとしたら、画面の端に旅行会社の広告が表示された。

〈常夏《とこなつ》の島で、優雅なバカンスはいかがですか？〉

青い海と白い砂浜の画像に、理央はしばしみとれた。ああ、なにもかも放り出して、どこか遠くの見知らぬ国に行ってしまいたい。

そこで不意に、妹の顔が浮かんだのだった。羽田のホテルを予約し、一泊して、翌朝の飛行機に乗った。正解だったと思う。ここにいると気がまぎれる。結衣たちとは普通に話したり笑ったりできたし、昨晩は三日ぶりに眠れた。

ベンチにもたれて、開け放たれた窓の外に目を向ける。南国の太陽が海を輝かせている。ぬるい潮風が頬をなでる。桟橋《さんばし》に近づいてくるのは、理央の乗る船だろうか。

留守電のメッセージを聞かずに消去し、ついでに携帯電話の電源を切ってから、理央は腰を上げた。

ヒカルの言っていたとおりの島だった。やたらに遠くて、なんにもなくて、海が冗談みたいに美しい。夏場はにぎわうのかもしれないけれど、十一月の平日は、船内も港も閑散としていた。

これもヒカルの助言に従って、港のそばでレンタサイクルを借りた。受付でもらった地図を眺め、行き先を思案する。せっかく南の果てまで来たのだから、さらに島の南端まで足をのばしてみようか。一帯は砂浜になっているようで、南ノ浜、としごく明快な名前が書き添えられている。

海沿いの道をひた走る。誰もいない。車も通らず、信号すらない。心細いようでもあり、すがすがしいようでもあり、おかしなぐあいに気分が高揚してくる。一度だけ道端に人影が見えた、と思ったらヤギだった。

南ノ浜にもまた、ひとけはなかった。自転車を降りて波打ち際を歩いてみる。昨日買った真新しいビーチサンダルが、白い砂にやわらかく沈む。足をひたしてみようか迷ってやめ、浜辺のひらたい岩に腰を下ろした。朝方よりも雲が出てきて多少涼しくなっている。寄せては返す波を目で追ううちに、頭が空っぽになっていく。

どのくらい、そうしていただろう。

かしましい笑い声で、われに返った。若い女の三人連れが水辺のほうへやってくる。和気あいあいと写真を撮りあい出した彼女らを横目に、理央は立ちあがった。いつのまにか正午を過ぎている。集落でなにか食べよう。

自転車にまたがり、坂道を上ろうとしたところで、ぽつりと冷たいものが頰にあたった。見上げると、陰気な灰色の雲が空一面を覆っていた。あわててペダルをこぐ足に力をこめ直す。顔に降りかかる雨粒がみるみる大きくなっていく。

ゆるやかな勾配を上りきり、集落のはずれまでたどり着いたときには、雷まで鳴りはじめていた。道沿いに建つ一軒家が目に入り、理央はそちらにハンドルを切った。軒先《のきさき》で雨宿りさせてもらおう。

ひさしの下に逃げこんで、息をついた。窓からあかりがもれている。中に誰かいるようだが、少しの間なら追い出されはしないだろう。頭と顔をハンカチでざっと拭き、暗い空をあおいだ拍子に、建物と寄り添うように枝を広げている大樹に目がとまった。なんの木だろう。東京では見かけない。

目をこらしていたら、突然、背後で声がした。

「よかったら、中へどうぞ」

理央は飛びあがり、それから、こわごわ振り向いた。玄関のドアが開いて、その向こうに黒いエプロンをつけた男が立っていた。

外からは普通の人家のように見えたそこは、オルゴールの店だった。壁一面が棚で覆われ、商品がずらりと並べてある。そういえば地図にものっていた気がする。雨に気をとられて見逃しただけで、おもてに看板も出ていたのかもしれない。

理央を招き入れた店員はいったん奥にひっこみ、バスタオルを持って戻ってきた。

「よかったら、使って下さい」

「すみません」

理央は恐縮してタオルを受けとった。

「じきにおさまりますよ。ここの雨は、ざっと降ってぱっとやむので」

彼は励ますように言った。昨夜の居酒屋といい、初対面のよそ者にも親切なのは土地柄だろうか。

タオルを返し、店内を見て回った。雨は依然としてやむ気配がないし、ここまで世話になっておいて手ぶらで立ち去るわけにもいかない。オルゴールの専門店というのも珍しい。これもなにかの縁かもしれない。

「そちらに置いてあるものは、すべて試聴していただけます」

店員が棚を手で示した。

「あとは、お好きな曲でオーダーメイドもできますよ」

興味はわいたものの、できあがるまでに数日かかるというのであきらめた。既製品の中から選ぼう。これだけたくさんあれば、ぴんとくるものが見つかるだろう。

棚の端から順に見ていく。透明な箱の中に、金色の精巧な器械がおさめられている。側面に小さなラベルが貼られ、曲のタイトルと歌い手の名が書いてある。邦楽も洋楽も、往年の名曲もごく最近の流行歌も、よりどりみどりだ。演歌にクラシック、映画やアニメの主題歌までそろっている。曲名を知らなくても、鳴らしてみたらなじみのある旋律も多い。考えてみれば、それなりに有名でないとオルゴールには使われないだろう。逆に、だからこそ、オーダーメイドの需要もあるのかもしれない。

ふたつめの棚にさしかかったところで、見覚えのある名前が理央の目に飛びこんできた。

陣野貴一《じんのきいち》は、理央が生まれる前から音楽活動を続けている、有名な大御所ミュージシャンである。

曲だけでなく詞も自ら手がける、いわゆるシンガーソングライターだ。世間では、ジンキー、と愛称で呼ばれている。六十代の半ばを過ぎてもなお現役で、定期的に新曲を発表しては、各地でコンサートを開いている。理央も彼の名前やヒット曲は知っていたものの、ひと世代上の歌手だという印象が強く、年上とはいえ三つ違いの夫が熱狂的なファンだというのは意外だった。年の離れた長兄の影響らしい。

理央がはじめてジンキーのコンサートに連れていかれたのは、つきあい出してまもない頃だった。

会場には気合の入ったファンたちが詰めかけていた。デビュー当初は同世代の若者を中心に人気を集めていたらしいが、歳月を経て彼らの子どもや孫まで巻きこみ、三世代そろった家族連れの姿もあった。尋常でない熱気に満ちた客席で、自分だけが場違いな気がして、理央はいささか肩身が狭かった。悪目立ちしないように、おとなしくジンキーの美声に耳を傾けた。生の歌声はさすがに迫力があった。本格的な音響や、照明と映像を駆使した演出も、一流ミュージシャンにふさわしく凝っていた。

問題は、歌詞だった。

ふだん理央は詞よりも曲が気になるほうだ。ジンキーの歌も、詞の意味はほとんど意識していなかった。しかし夫がジンキーの詞は日本一すばらしいと絶賛するものだから、注意して聴いてみた。

そして驚いた。ロマンチックというのか、センチメンタルというのか、とにかく理央よりふた回りも年嵩《としかさ》の男が作ったとは信じられないような詞なのだ。どちらかといえば幸せとはいえない内容も多いのに、失恋も、友との決別も、人生の不条理も、おしなべて清らかで美しい。あまりにも美しすぎて、気恥ずかしくなってくる。

ただし、その日理央が最も衝撃を受けたのは、ジンキーの歌詞ではない。

コンサートの序盤では連れの存在など忘れてしまったかのようにステージを凝視していた夫も、プログラムが進むにつれてしだいに余裕を取り戻した。曲の合間に、「これは兄貴にはじめて貸してもらった」「これはドラマの主題歌になって売れた」「これは毎回必ず演奏する代表作」などと、理央に耳打ちしてくれた。

「これはおれの一番好きな歌」

と夫がうっとりと言ったのは、静かなバラードだった。ままならない青春の葛藤を、ジンキーが切々と歌いあげる。サビの部分は理央も知っていたので、そう伝えようと、なにげなく彼の顔を見上げた。

そこで、息をのんだ。

曲調に合わせて会場の照明はしぼられていた。舞台の中央でギターをつまびくジンキーを、一条のスポットライトが照らし出していた。そのほのかな光が、夫の頬を伝う涙をきらめかせていた。

曲が終わるまで、理央は夫の横顔から目を離せなかった。ジンキーの歌詞にはちっとも動かされなかった心が、なぜだか震えていた。

「大事なひとと、あの曲を聴きたかったんだ」

コンサートからの帰り道に、夫はそう言って顔を赤らめた。大事なひと、というのは、ジンキーの歌でも多用されている言い回しだ。

夫と出会うまで、理央にとって恋愛はかけひきだった。恋人ができても、好きになりすぎてしまわないように自重した。愛情の不均衡は不幸を招く。両親から学んだその教訓が、胸に刻みこまれていた。だから、生まれてはじめての、緊張を強いられない恋には、分厚い毛布ですっぽりくるまれているような安らぎを感じた。

夫は、父とは正反対の男だった。善良で誠実で、「大事なひと」を裏切らない。理央と一緒にいられるだけで幸せだ、と照れもせずに言ってのけるこのひととなら、平穏な家庭を築けると思った。

結婚してからも、ジンキーのコンサートには何度となく夫婦で足を運んだ。定番曲の歌詞は理央もすっかり覚えてしまった。初回のように背筋がむずがゆくなることはなくなったものの、特に感激することもなかった。

一度だけ、やんわりと辞退してみた。

「たまにはひとりで行ってきたら?」

「なんで?」

夫は心底理解できないというふうに眉根《まゆね》を寄せた。興味がないからとはさすがに言いづらく、理央はあいまいにごまかした。

「ファンクラブでもチケットとれなかったりするんでしょ? わたしなんかが行くの、もったいないかなと思って」

熱狂する観客たちに囲まれると、どうにも居心地が悪い。チケット代だって決して安くない。地方の会場まで出向く場合、交通費や宿泊費もばかにならない上、下手をしたら週末がまるまるつぶれてしまう。

「そんなことないって。おれは理央と一緒に聴きたいんだよ」

珍しく語気を強めて突っぱねられ、それ以上は食いさがれなかった。夫はつねづね妻の意向を優先してくれる。優しい亭主の、唯一といってもいい趣味につきあうのを面倒がるなんて、心が狭すぎるだろうと反省もした。

でも、転職してからはそうも言っていられなくなった。新しい事務所に移った直後に、繁忙期とコンサートが重なってしまった。無理やり時間を捻出できないこともなさそうだったが、本音をいえば体を休めたかった。夫は顔を曇らせながらも、仕事ならしかたがない、としぶしぶひきさがった。

しかし当日、ひとりぼっちの夫には仲間ができた。隣りあわせた同年輩の男性客から話しかけられたという。ＳＮＳで知りあった他のファンたち数人と終演後に落ちあう約束をしているので、よかったら来ないかと誘われた。

その飲み会は、おおいに盛りあがったそうだ。夫の兄くらいの中年男もいれば、幼いうちから両親に連れられて公演に通っていたという若い女性もいた。年齢も性別も職業もばらばらで、ただジンキーへの深い愛だけが共通していた。お互い連絡先を交換し、今後もともに彼を応援しようと誓いあった。ほろ酔いで帰宅した夫からそんな話を聞きながら、理央はほっとしていた。夫が充実した時間を過ごせてなによりだったし、同行しなかった罪悪感も薄れた。

半年後に行われた次のコンサートも、さらにその次も、理央は仕事を理由に留守番させてもらった。夫は残念がってみせたけれど、以前ほどは落胆していないのが伝わってきて、理央も気が楽だった。

コンサート以外でも、夫は件《くだん》の仲間たちと集まるようになっていた。ジンキーの色紙が飾られている居酒屋だの、ジンキーの曲しかかけない喫茶店だので、偉大なるジンキーについて存分に語りあうという。社会人サークルのようなものだろう。夫が楽しそうなので、理央もうれしかった。妻に比べて友達が少なく、コンサートに限らず、なにかにつけて夫婦で出かけたがる夫にとって、交友関係が広がるのは喜ばしい。理央は理央でひとりの時間を自由に満喫できる。理央も一緒に行こう、みんなに紹介するよ、と夫に持ちかけられるたび、丁重に断った。親密なきずなで結びついた面々の間で浮いてしまうに違いない。話についていけずに場をしらけさせるのも悪い。

あそこで断らなければ、なにかが変わったのだろうか。夫の隣に寄り添い、妻の存在をしっかり見せつけておけば、こんなことにはならなかったのか。

夫が恋に落ちるなんて、理央は夢にも思わなかったのだ。

三十分ばかりで雨はやんだ。

オルゴールの入った紙袋をぶらさげて、理央は店を後にした。さっきまでの荒れ模様がうそみたいに、空はからりと晴れあがっている。集落をぶらつき、昨日と似たような汁そばを食べ、さびれた土産物屋を冷やかした。自転車を返した後、港から程近い砂浜でしばらくぼんやりしたら、船出の時刻になっていた。

帰りは行きよりも船に乗っている時間が短く感じられた。本島に着き、乗客の列にまじってぞろぞろと桟橋に下りる。ここを出発してからまだ半日も経っていないのに、どういうわけか長旅をしてきた気分だった。

「お姉ちゃん！」

声をかけられて理央は目をまるくした。数メートル先で、仏頂面の結衣が腕組みしていた。

「どうしたの？　仕事は？」

夕方、結衣の仕事が終わった後に、アパートで落ちあう約束になっていた。理央のほうが早く帰る予定で、合い鍵も預かっている。

「お義兄さんから電話がかかってきた」

「え」

理央はぎょっとした。

妻から連絡がないか、夫は義妹に問いあわせたらしい。何度かけても電話がつながらず、しびれを切らしたようだ。こちらに来ていると知って安堵《あんど》したふうだったが、

「かわってくれって頼まれたから、今は一緒にいません、ひとりで離島に行ってます、って言ったの。そしたらお義兄さん、異様にあせっちゃって」

結衣は鼻の上にしわを寄せる。

「ひょっとして無人島とかですか、ひとりで大丈夫なんですか、ってものすごい勢いで聞いてきて」

そんな危ない場所ではないと説明しても、納得してくれない。あまりにしつこいので、結衣まで不安になってきた。

「わたしからもお姉ちゃんにかけてみたけど、全然出ないし。それにお姉ちゃん、確かにちょっと様子がおかしかったから」

やっぱり気づかれていたのか。理央は小声で謝った。

「ごめん」

「わたしのことはいいけど、お義兄さんに早く連絡してあげて。かわいそうだよ、あんなに心配して。あ、電池切れ？　わたしの電話、貸そうか？」

いや、と口ごもっていたら、探るように顔をのぞきこまれた。

「けんかでもしたの？　珍しいね。ちょっとごたごたしてまして、ってお義兄さんはごにょごにょ言い訳してたけど」

「けんかじゃないの」

観念して、答えた。

「わたしたち、離婚するかも」

出航前にも座った待合室のベンチに、並んで腰を下ろした。事の次第を打ち明けると、結衣は目をむいた。

「あのお義兄さんが、浮気？」

「いや」

彼女とは手も握っていないと夫は言っていた。厳密にいえば、「まだ」手も握っていない、と。おそらく本当だろう。夫はうそをつかない。不確かなことを無責任に口にもしない。そういうところを、理央は好きになった。

これは浮気ではなく、本気なのだ。夫は熟考を重ね、覚悟と決意の上で、妻と別れたいと切り出している。

「なにそれ。よけいひどくない？」

結衣はますますいきりたつ。

「お義兄さんのこと、見そこなった。ていうか同情して損した。全部お義兄さんのせいじゃない。今さら善人ぶっちゃって、最低」

妹が息巻けば息巻くほど、理央の頭は冷えていく。

「善人だよ、あのひとは」

「なんでかばうの？　お姉ちゃん、怒らないの？」

怒っている、と昨日までは自分でも思っていた。でも、理央をこんなに遠くまで連れてきたのは、怒りではなかったのかもしれない。

たぶん、恐怖だ。

認めたくないけれど、認めざるをえない。夫を失おうとしている、その事実がおそろしい。それをとめるすべがないことも。だから、逃げた。他にできることを思いつかなかった。

「でもほんと、信じられない。意味わかんないよ。お義兄さん、お姉ちゃんにべたぼれだったのに」

結衣はまだ口をとがらせている。

「まあね」

「あれ、そこは否定しないんだ?」

自分で言っておきながら、あきれたように片眉を上げてみせる。理央は小さく笑った。

「ゆだんしてたんだよね。あのひとはよそ見しないって」

先によそ見をしたのは理央だった。視線の先にあったのは、異性ではなかったけれども。

家庭と仕事とどっちが大事なのか、なんてつまらないことを、夫は断じて言わない。妻の情熱と野心を理解し、尊重してくれていた。けれど、時折、さびしそうな顔を見せた。所在なげな夫の姿に気がとがめて、理央はつい目をそむけた。せめて真摯に言葉をかわし、肌をふれあわせるべきだったのに、かえって仕事に集中しようとした。

「もっと大事にすればよかった」

離島のオルゴール店で、可憐な音色で奏でられるジンキーの曲を聴いたときから、理央はずっと考えていた。はじめてのコンサートで夫の涙を目撃したあの日以来、なにが変わってしまったのだろう。かつては互いを見つめあっていた視線が、どうしてまじわらなくなったのだろう。

「わたし、あのひとに甘えてた」

好き勝手にふるまっても、受け入れてもらえるはずだと高をくくっていた。母のようになりたくないと思っていたのに、これではむしろ父と同類だ。そのくせ、いざひとりで放り出されるとなったらみっともなく取り乱して、われながら情けない。

結衣が理央の背中にそっと手を添えた。

「お姉ちゃんは、どうしたいの?」

できることなら過去に戻りたい。夫が彼女と出会う前まで、理央が転職して仕事に忙殺されるようになる前まで、いや、初コンサートの日まで。夫が理央を「大事なひと」といとしげに呼んでくれた、あの夜まで。

でも、もう戻れない。

「ほんとに戻れない? 真剣に話しあえば、やり直せるんじゃないの? 趣味が違っても仲よくやってる夫婦はいっぱいいるよ」

結衣は前のめりになって言い募る。

「あきらめるのはまだ早くない? がつんと奪い返しちゃえば? 潔く身をひくとか、それこそ善人ぶってる場合じゃないって」

理央は力なく言い返した。

「潔くないでしょ。現に、こうして逃げてきてるし」

結衣が口をへの字に曲げた。返す言葉が思い浮かばなかったのだろう。うろうろと目を泳がせてから、理央が膝にのせている紙袋を指さした。

「なにか買ったの？」

「うん。オルゴール」

理央はオルゴールを取り出して結衣に見せた。店頭に並んでいた、器械の入った透明の箱を、ひと回り大きい外箱にはめこんである。なんの装飾もない、なめらかな白木の箱だ。側面に突き出した持ち手を回すと、せつなげなメロディーが流れ出した。

「これ、ジンキーじゃないの？」

結衣があからさまに眉をひそめた。

「お姉ちゃん、どうしても好きになれないって言ってなかったっけ？」

「うん。どっちかっていうと、苦手」

「じゃあ、なんで買ってきたの？」

なんでだろう。どうしてこんなものを買ってしまったんだろう。夫に土産を持ち帰るという状況でもない。ちょっと考えて、理央は答えた。

「なんか、なつかしくて」

あの店にジンキーのオルゴールは三種類あった。どれもサビの部分が使われていた。コンサートに行かなくなって久しいのに、理央はすべての歌詞を諳《そら》んじていた。

動かしていた手をとめる。音楽がふっつりととぎれる。

「この箱、よく見たらお棺みたいだね」

心に浮かんだままを、口にした。結衣がいっそう顔をしかめた。

「やめてよ、縁起でもない」

「ねえ、覚えてる？　前に結衣が言ってたの」

理央は続けた。

「結婚は愛情の墓場、もとい、ゴミ捨て場説」

結衣がぽかんと口を開けた。一拍おいて、「言ったね」ときまり悪げに認める。

「ごめん、こっちこそ、縁起でもなかった」

「ううん。うまいこと言うなあって感心したんだよ」

結衣はちらりと理央を見やり、ふうとため息をついた。

「それ、結婚だけに限らないかもね」

「え？」

「あのさ、わたし、東京にひとつ置いてきたんだよね。その、ゴミ捨て場を」

今度は理央がぽかんとした。

「思い出したくもないけど。最後はもめまくって、もう地獄だった。一度は本気で好きになったひとなのにね」

結衣はぶるんと頭を振って言い添えた。

「そういう感じじゃないでしょ、お姉ちゃんとこは」

「うん」

うなずいて、理央はつけ加えた。

「今のところはね」

だから今のうちに、夫と向きあうべきなのだろう。積み重ねてきた日々が、ともに笑いあった記憶が、思い出したくもない残骸になり果てないうちに。ジンキーの曲を聞いて、反射的に耳をふさぎたくなってしまう前に。

話しあいが円満に進むとは思えない。夫と顔を合わせたら、平静を保てる自信がない。口汚く罵《ののし》るかもしれない。泣いて責めたてるかもしれない。そんな醜態をさらしたくないというのも、夫から逃げた理由のひとつだった気がする。

けれど、このまま逃げ続けても、きっとどこにもたどり着けない。

「明日、帰ろうかな」

棺《ひつぎ》に似たオルゴールに目を落とし、理央はつぶやいた。海風に乗って、出港を告げる汽笛が響いてくる。

ゆびきり

定刻きっかりに船は港に着いた。エンジン音がとまり、乗降口に船員が現れ、桟橋《さんばし》にタラップが渡される。その傍らで、颯太《そうた》は乗客が降りてくるのを待ちかまえる。

先頭は新垣《あらかき》のじいちゃんだった。じいちゃんのせっかちは村でも有名で、共同売店のレジでも祭の屋台でも、運悪く真後ろに並ばれるとみんな先を譲る。ころころ太ったばあちゃんが汗をかきかき夫を追いかけてくる。次に中年の男女、続いて原色のアロハシャツを着た若者が三人、タラップに出てきた。二組とも嬉々として写真を撮りまくっている。颯太のそばで同じように船を待っていたゲンさんと佐野《さの》さんが、彼らのほうへ小走りに寄っていく。それぞれの宿に今晩泊まる客なのだろう。

その後はまた、見知った顔が続いた。夏休みとはいえ、日曜の夕方にわざわざこの島へ渡ってくる旅行者は多くない。最終便を利用するのは主に、本島で休日を過ごした島人たちだ。南ノ浜の民宿で働くミズキさんは、買い出しに行ってきたのか、大きなレジ袋を両手にぶらさげている。郵便配達員のユウセイさんと床屋のナナミさんもいる。ふたりはこの春に結婚したばかりだ。金城《かねしろ》のおじさんは、ぐったりした息子を背中におぶっている。船酔いだろう。颯太も同じ年頃のとき、はじめて本島までこの船に乗って、同じ目に遭った。沖合は波が荒く、沈むんじゃないかと思うくらい揺れるのだ。

十数人が下船して、タラップの行列はとぎれた。颯太は小さくため息をついた。武兄《たけし》ちゃんは、この船に――この船にも――乗っていなかったようだ。

回れ右しかけたところで、視界の隅に新たな人影をとらえた。

船内から現れた最後の客は、見知らぬ親子連れだった。母娘《おやこ》で顔だちがそっくりだ。娘は背格好からして、颯太と同じ、小学三年生くらいだろうか。真っ白な肌といい、感情の読みとれない大きな瞳といい、白いレースの襟がついた紺色のワンピースといい、どこか人形めいている。母親のほうも、半袖のワンピースを身につけている。体にぴたりと沿う細身のデザインで、歩くたびに裾がゆらゆら揺れる。そういえば、ユウセイさんたちの結婚式に本島からやってきたナナミさんの友達も、こんなひらひらした服を着ていた。

けれど今日は、島で結婚式が挙げられる予定はない。もしあるとしたら、島中の人間が招待され、何カ月も前からその話題で持ちきりになっているはずだ。

突っ立っている颯太の前を、母親がすたすたと通り過ぎた。とがったハイヒールが軽やかに地面を蹴る。娘も後に続く。母親と同じく颯太には目もくれず、神妙に真正面を見据えている。

すれ違いざま、花のような果物のような、甘いにおいが颯太の鼻をくすぐった。

集落をめざし、自転車を押して坂を上る。左右に広がるサトウキビ畑で、颯太の背丈よりも高く茂った葉がざわざわと揺れている。友達と喋っていれば、どうってことのない道のりなのに、こうしてひとりぼっちだとばかに長く感じる。

正確にいえば、ひとりぼっちではない。先客がふたり、数メートル前を歩いている。見覚えのない顔だと颯太は思ったが、母親の迷いのない足どりからして、島に来るのははじめてではなさそうだ。村に知りあいがいるのかもしれない。宿の出迎えがなかったということは、その家に泊まるのだろうか。

さっき一度だけ、娘がこっちを振り返った。警戒するような、もしくは威嚇するような、険のある目つきで颯太を一瞥《いちべつ》して、また前に向き直った。颯太はどきりとして、それから、少し腹が立った。なにも後をつけているわけじゃない。自分の家に帰ろうとしているだけだ。自転車に乗ってさっと追い越してしまえればいいのだけれど、集落まで一気に走りきる自信がない。一日中めいっぱい海で遊んでくたびれた足に、だらだらと長い上り坂はきつい。危なっかしくよろめきでもして、背後から見物されるのはいやだ。武兄ちゃんから譲り受けたお古の自転車は、颯太にはまだ大きすぎて扱いにくいのだった。

武兄ちゃんは、颯太の兄ではなくて従兄《いとこ》である。颯太の父親の長兄の、長男だ。父方のいとこのうち男はふたりきりで、親戚で集まるときも一緒に過ごすことが多く、颯太は弟分としてかわいがってもらっていた。頭がよくて物知りで、年上の従姉《いとこ》たちみたいに颯太を小馬鹿にしたり意地悪を言ったりせず、八つも年上なのに対等な友達どうしのように遊んでくれる兄ちゃんのことを、颯太も心から慕っていた。

だから、武兄ちゃんが高校に進学すると知って、とてもがっかりした。島の子どもにとって、それは家を離れることを意味する。寮や下宿に住んで、本島の高校に通うのだ。

当の兄ちゃんも、そんなに乗り気ではなさそうだった。将来は実家の農園を継ぐのに、関係のない勉強をするより経験を積んだほうがいいんじゃないか、と伯父《おじ》たちにも話してみたのだが、高校は出ておけと説得されたという。颯太の両親も兄夫婦と同じ意見だった。武ちゃんはせっかく出来がいいんだもの、中卒じゃもったいないよねえ。

しょげる颯太に、「夏休みや冬休みには帰ってくるから、また一緒に遊ぼうぜ」と兄ちゃんは言って、右手の親指を立ててみせた。颯太も同じことをした。互いの親指をからめ、節をつけて唱える。

ゆびきりげんまん、うそついたらはりせんぼんのます。

颯太が物心ついた頃から、ふたりの間で約束をかわすときはこうしている。一度、本島に住む従姉に見とがめられ、「変なの」とからかわれた。この島以外では、親指のかわりに小指を使うのが普通らしい。でも、武兄ちゃんが「親指のほうが強そうだよな」と平然としていたので、颯太も気にしなかった。それ以降も習慣は変わらず、そして指きりをしたからには、ふたりとも必ず約束を守った。

今回も、武兄ちゃんは針をのむ必要はない。長い休みのたびに、島へ帰ってきてはいる。ただしその期間は、颯太が期待していたよりもはるかに短い。

去年の夏休み、兄ちゃんは盆休み前後の一週間だけ島で過ごした。冬休みはさらにあわただしく、年末年始のたった三日しかいなかった。春休みはなんと日帰りで、颯太ばかりでなく伯父や伯母《おば》も不服そうだった。学校の勉強とアルバイトで忙しくてさ、と武兄ちゃんは弁解した。夏にはもっと長くいられると思う、日にちは直前まで決めづらいけど、時間ができたら来るようにするよ。

息子が帰省すると連絡してきたら、伯父たちは甥《おい》っ子にも教えてくれるはずだ。ただ、うっかり伝え忘れてしまうこともあるだろうし、兄ちゃんは前ぶれもなくぶらりとやってくるかもしれない。現に春休みはそうだった。急に予定が空いたらしい。颯太は知らずに友達の家に行っていて、ほんのちょっぴりしか会えなかった。そこで、またそんなことにならないように、夏休みがはじまって以来、高速船が着く時刻には港まで見にいくようにしている。昼間はたいがい西ノ浜で遊んでいるから、目と鼻の先だ。

けれど、ここ一週間は空振りに終わっている。あげく、謎の親子の後ろをとぼとぼと歩くはめになるなんて、本当についてない。

ようやく集落の入口までたどり着いて、ほっとした。ここまで来れば自転車に乗るまでもない。すぐそこの、診療所の脇にのびる細い裏道のつきあたりに、颯太の家はある。

が、ほっとするのはまだ早かった。

目の前をゆく母親が、わが家へと続く砂利道に足を踏み入れたので、颯太はぎょっとした。小径《こみち》の先は行きどまりだ。袋小路に二軒の民家が隣りあっている。奥のほうが颯太のうちで、手前には高橋《たかはし》のじいちゃんとばあちゃんが暮らしている。あの老夫婦が、いかにも都会的なこの親子と関係があるとも思えない。そもそも、高橋家に島外から客が訪ねてくるところさえ、一度も見たことがない。

診療所の角で、颯太はやむなく立ちどまった。やけに自信ありげな足どりのくせに、道を間違えているのだろう。入り組んだ集落の路地では観光客がしょっちゅう迷子になっている。しようがない。このまま待とう。引き返してくる彼らと狭い道ですれ違うのは気まずい。またさっきみたいに、にらまれるかもしれない。

ところが、母親はまたしても思わぬ行動をとった。

娘を従えて、ためらいなく高橋家の門をくぐったのだ。威勢のいい呼び鈴の音が、颯太の耳にも届いた。

彼らの素性は、翌朝になって判明した。庭に出た颯太の祖父が、垣根越しに高橋のじいちゃんと話しはじめたからだ。

「昨日な、マミがひょっこり帰ってきたんだよ。それも子連れで」

「へえ、そりゃ珍しいな」

ふたりとも耳が遠く、そのせいもあってか、声がばかでかい。縁側の窓が開け放してあるので、うちの中にいる颯太にも会話は筒抜けだ。

マミというのが、あの母親の名前らしい。帰ってきた、ということは、高橋夫妻の娘なのだろう。

「珍しいもなにも、何年ぶりだと思う？　十年だぞ？　信じられんよな。孫の顔だって、はじめて見たんだ」

高橋のじいちゃんは勢いこんで言う。どうりで、彼女たちの存在を颯太が知らなかったわけだ。十年前には颯太はまだ生まれてもいない。

「いくつだい？　男？　女？」

「女の子だよ。小学三年生」

「しばらくこっちにいるのか？」

「それがな」

高橋のじいちゃんがわずかに声を落とした。といっても、まだまだ十分に大声で、問題なく聞きとれる。

「マミは帰っちまったんだよ、今朝の船で」

「へっ？　でも、昨日来たばっかりなんだろう？」

「仕事があるんだと。外国でな。その間、どうしても娘を預けるあてがないっていうんで、うちに連れてきたんだ」

「じゃあ、孫がひとりで置いてかれたってことかい？」

颯太の頭に浮かんだのとそっくり同じ質問を、祖父がした。高橋のじいちゃんはいまいましげに答える。

「まったくあいつは、なに考えてるんだか。子どもを放っぽらかしてまで、やらなきゃいけない仕事なんかあるもんか。母ひとり子ひとりだってのに、冷たいよなあ」

「いや、だからこそ、がんばって働いてるんじゃないか。海外出張なんて、たいしたもんだ。マミちゃんはしっかりしてたもんな、昔から」

祖父がとりなした。

「そうだ、三年生ってことは、うちの坊主と同じだな。一緒に遊んだらいい」

「ああ、そりゃありがたいね」

「おうい、颯太。いるか？」

呼ばれる前から、颯太は腰を上げかけていた。第一印象はいいとはいえなかったし、知らない女子の相手をするなんて面倒くさいけれど、生まれてはじめて会う祖父母の家にひとりで置き去りにされたというのは、なんだかかわいそうな気もしてきたのだ。

高橋のじいちゃんも、母屋のほうを振り返って声を張った。

「ユリ！　ちょっと来なさい！」

何度か呼んだものの、孫娘はなかなか現れない。

「聞こえとらんのかな。ちょっと見てくる」

家の中にひっこんでいくじいちゃんを見送りながら、颯太はなんとなくいやな予感がした。診療所のあたりまで届いていそうなあの大声が、聞こえないとは考えにくい。つまりあの子は、聞こえていないのではなくて、聞こえないふりをしているだけなんじゃないか。

案の定、背中を押されるようにしてのろのろと出てきたユリの表情は、明らかに冴えなかった。昨日とは違い、Tシャツにデニム地のショートパンツという軽装で、それでもどういうわけか、あかぬけて見える。

「こんにちは」

颯太の祖父がほがらかに声をかけた。

「こんにちは」

意外にも、ユリは礼儀正しくおじぎした。

颯太はちょっと見直した。つんつんしていけ好かないと思ったが、見知らぬ土地に放り出されて緊張しているだけなのかもしれない。

しかし、ユリはしかつめらしく続けた。

「わたし、やることがあるので、これで失礼します」

ぷいと身をひるがえして家の奥へ消えていく。颯太も祖父も高橋のじいちゃんも、あっけにとられて華奢《きゃしゃ》な背中を見送った。


颯太が三度目にユリと顔を合わせたのは、そのさらに翌日だった。

午前中から西ノ浜に出かけてみたけれど、観光客で常になく混みあっていて、早々にひきあげた。港にも寄らなかった。ゆうべ伯父が父に電話をよこし、武兄ちゃんの話も出たのだ。お盆まではたてこんでいて帰省できそうにないという。

のんきに友達と遊ぶ気にもなれず、颯太はひとりで家に帰った。玄関をくぐると、真夏の日光にさらされていた目がくらみ、穴に落っこちたみたいに周りが真っ暗になった。

おとなたちは畑に出ているようだ。しんと静かな茶の間で、大の字になって寝そべった。手足をうんと伸ばして目をつむる。テレビもゲームも、もちろん宿題もやる気分じゃなくて、意味もなく畳の上をごろごろ転がっているうちに、眠くなってきた。全身から力を抜く。背中が畳にぴったりとなじんで気持ちがいい。

遠くのほうで、変な音がする。校庭の隅っこにある錆《さ》びたブランコをこいだり、十分に油をさしていない自転車を無理やり走らせたりしたときみたいな、キイ、キイ、と高くてかぼそい音が、とぎれとぎれに鳴っている。共同売店の軒先（のきさき）にぶらさがった看板が風にあおられてきしむ音や、猫や鳥の鳴き声に聞こえなくもない。どことなく苦しげで、耳ざわりといえば耳ざわりだけれども、そのうち気にならなくなった。眠気をじゃまするには、あまりにも弱々しくて頼りない。

いつのまにか、颯太は校庭でブランコに乗っていた。隣には武兄ちゃんがいる。なんだ、もう帰ってきてたんだ、と颯太は歓声を上げた。なにして遊ぶ？　泳ぎに行こうか？　それとも釣り？

思いきり足を蹴りあげて、ブランコからぴょんと飛び降りたそのとき、だしぬけに甲高い悲鳴が響き渡った。

きゃああ、とも、やああ、とも、うわあああ、とも聞こえた。ともかく、ブランコの音なんかとは比べものにならない、生々しく現実的な叫び声だった。

颯太は跳ね起きた。わけもわからず左右を見回す。ブランコも、武兄ちゃんも、跡形もない。かわりに、見慣れたちゃぶ台と箪笥《たんす》が目に入った。

なんだ、寝ぼけてただけか。

頭をぶんぶん振って、幻の残り滓《かす》を払い落とした。胸がまだ少しどきどきしている。誰に見られているわけでもないのに、なぜか気恥ずかしい。腹の底から息を吐き、背筋を伸ばす。生い茂った庭木が真昼の陽ざしをさんさんと浴びている。

うたた寝していたせいか、あるいは動揺のせいか、のどがからからだった。なにか飲もうと立ちあがった拍子に、垣根越しに隣家の縁側が目に入った。

ユリがいた。真っ赤に頬を染めて、仁王立ちしている。


ガジュマルの店にユリを連れていったのは、颯太にはそこしか心あたりがなかったからだ。

「バイオリンの楽譜、ですか?」

話を聞き終えた店員さんは、困ったように眉根《まゆね》を寄せた。

「残念ですが、うちには置いてませんね」

颯太がうつらうつらしながら聞いていた変てこな音の正体は、ユリの弾くバイオリンだった。縁側で練習をしていたのだという。しばらく弾いた後、ひと休みして台所で麦茶を飲み、戻ってきたら楽譜が消えていた。

正確には、楽譜は消えたわけではなく、変わり果てた姿になって庭に落ちていた。誰かが乱暴にまるめて投げ捨てたかのように、しわくちゃで土にまみれ、ところどころ破れていた。そこへ猫が数匹、競いあうようにじゃれついていた。

猫たちはユリの絶叫にひるんだのか、散り散りに逃げていったそうだ。高橋家で猫は飼っていないはずだから、野良だろう。颯太が隣の庭をのぞいたときには、猫の爪でもみくちゃにされた楽譜の残骸だけが土の上に残されていた。そのしわを丁寧に伸ばし、ふたりで手分けして散らばった紙片も拾い集めた結果、全体の三分の一ほどが行方不明になっていた。風で飛ばされたのか、猫がくわえて持ち去ったのか、はたまた食べてしまったのか、いずれにせよ新しい楽譜が必要だった。

「この島、猫が多いですもんね」

納得している店員さんに、ユリは未練がましくたずねる。

「他に、楽譜を売ってそうなお店ってないですか」

彼は気の毒そうに首を振った。

「ちょっと思い浮かびませんね」

子どもに対しても丁寧な口調は変わらない。前に来たときもそうだった。

颯太がこの店を訪れるのは、これで二度目だ。去年の夏休みに、武兄ちゃんと一緒に立ち寄って以来、ほぼ一年ぶりになる。前に営業していた雑貨屋が立ち退《の》いた後、居抜きで新しい店が入ったので、偵察してみようと兄ちゃんが言い出したのだった。

オルゴールというものを、颯太はここではじめて見た。透明な箱の中に、金色の器械が入っている。見た目は同じなのに、ひとつひとつ全然違う曲が流れ出すのがおもしろくて、片っ端から試聴させてもらった。兄ちゃんは兄ちゃんで、こういう細かい器械の類《たぐい》に目がない。音楽そのものよりも、それを鳴らすための構造に興味をそそられたようで、箱の中身を仔細に観察し、店員さんにもあれこれ質問していた。

棚に並んでいる既製品のほか、好きな曲で作ることもできると店員さんは教えてくれた。楽譜のようなものも見た記憶があったから、もしかしたらと思ったのだけれど、やっぱりだめだったか。

「お役に立てなくてすみません」

店員さんはすまなそうに肩を落としている。唇をかんでむっつりと黙りこんでいるユリを横目に、颯太のほうも申し訳ない気分になってきた。彼のせいではない。ここはオルゴール屋なのだ。楽譜屋じゃない。

「本島には楽器屋さんがありますけど、ちょっと遠いですよね……あとは、ネットで買うとか？」

店員さんが言ったとたん、ユリはぱっと目を輝かせた。

「いいかも」

「調べてみましょうか。曲の題名、教えてもらえますか？」

彼はレジ台に置いてあったノートパソコンを開いた。ユリの口にした曲名は長くてややこしく、颯太の耳には呪文のようにしか聞こえなかったが、迷いなく文字を打ちこんでいく。有名な曲なのだろうか。

「うん、売ってますね。在庫もあるみたいです」

「ありがとうございます。母に頼んでみます」

ユリが声をはずませた。

「そうして下さい。あっ、そういえば」

思い出したように、店員さんが言った。

「この曲、うちの店にもありますよ」

棚からオルゴールをひとつとってくる。底のぜんまいを巻くと、軽快な旋律が響き出した。

颯太は思わずつぶやいた。

「こんな曲だったんだ」

ユリのたどたどしい演奏とは似ても似つかない。というか、あれはメロディーにもなっていなかった気がする。

「なによ、わたしのバイオリン聴いてたの？」

ユリに顔をしかめられて、むっとした。盗み聞きしていたかのように言われるのは心外だ。

「勝手に聞こえてきたんだよ。てか、別に聴きたくねえし」

ユリの目つきがいよいよとがる。かわいくねえ、と颯太は心の中で毒づいた。さっきまで泣きそうだったくせに、えらそうに。なんとかなったのは、おれがここまで連れてきてやったおかげじゃないか。

ガジュマルの店を出るなり、ユリはショートパンツのポケットからいそいそと携帯電話を取り出した。颯太は横を歩きながら、画面を操作する指先にさりげなく注目した。ちょっとうらやましい。颯太は携帯電話を持っていない。

ユリがひらたい機械を耳にあてた。

「もしもし、ママ?」

「ユリ?」

応えた母親の声は、颯太にも聞きとれた。

「どうしたの? なにかあった?」

「あのね、今日バイオリンの練習してたら、楽譜を猫に破られちゃって……」

「は? 猫?」

「うん。ちょっと目を離してる隙に。だからママ、ネットで新しいのを買って、おじいちゃんちに送ってくれない?」

つかのま、沈黙があった。それからため息が続いた。

「なんだ、それだけ?」

気の抜けた口ぶりだった。颯太はユリの横顔を盗み見た。眉間にしわを寄せ、両手で携帯電話を握りしめている。

「やだもう、おどかさないでよ。ユリになにかあったのかと思ったじゃない。電話は緊急のときだけにしてねって、ママ言ったでしょ?」

「ごめんね。でも……」

「そういうことなら、そっちにいる間だけ、練習はお休みにすれば？　どっちみちレッスンにも行けないんだし」

「だけど、練習しないと指が……」

「大丈夫、ユリはいつもがんばってるもの。ちょっとくらい休んだって平気よ」

「でも」

「ねえユリ、悪いんだけど、ママ今もお仕事中なの。すっごく忙しいのよ。正直、ちょっと楽譜どころじゃないっていうか」

　とどめを刺されて、ユリはとうとう口をつぐんだ。

「それにね、ユリは知らないだろうけど、離島って荷物が届くまでにすごく時間がかかるんだよ。送料もばか高いしね。東京に帰ってから買い直したほうがいいよ」

母親の声音がいくらかやわらかくなった。

「ね？　そうしない？　先生には、ママからちゃんと事情を話したげるから」

「わかった」

小さな声で、ユリは答えた。

「せっかくだからのんびりして、楽しんで。また連絡するからね」

母親は早口で言い残し、あわただしく電話を切った。

明くる朝、颯太が出かけようとしていたら、門の前でユリに呼びとめられた。

「昨日はごめんね」

母親との通話を終えた後、ユリはひとことも喋らなかった。かける言葉が思いつかず、颯太も無言で歩いた。路地のつきあたりで別れたときも、挨拶さえかわさなかった。

「いや、いいよ、別に」

颯太はもそもそと答えた。しおらしく謝られると調子が狂う。

用事はすんだかと思ったが、ユリはそのままついてきた。診療所の角を曲がり、西ノ浜へ続く坂にさしかかったところで、ようやく口を開いた。

「あのね、お願いがあるんだけど」

「なに？」

颯太は慎重に問い返す。

「昨日のこと……わたしがママに電話したって、おじいちゃんたちに黙っててくれる？」

「いいけど、なんで？」

「ママが悪者になっちゃうの、やだから。おじいちゃん、ママの悪口ばっかり言うんだもん」

ユリは即答した。娘の愚痴をこぼすじいちゃんの苦々しげな口ぶりを、颯太も思い出した。

「あ、あと、他のひとにも言わないでね。うわさがすぐ広まっちゃうんでしょ、ここ。ママが言ってた」

ユリが憂鬱《ゆううつ》そうに左右を見回した。つられて颯太もあたりをうかがう。

武兄ちゃんも、うわさを気にしていた。だからユリと同じように、誰にも喋るなと颯太に念を押したのだ。

兄ちゃんから重大な秘密を打ち明けられたのは、冬休みのことである。

正月の宴会で盛りあがっている伯父の家をふたりで抜け出して、南ノ浜と東ノ浜の間にある、とっておきの釣り場に行った。雑草に隠れた獣道の先に忽然《こつぜん》と現れる小さな入り江は、観光客はおろか島人もめったに来ない、とびきりの穴場だ。岩場に腰を下ろし、波に揺れる浮きを見つめながら、武兄ちゃんは口火を切った。

「おれ、大学に行くよ」

颯太はびっくりして、握っていた釣り竿《ざお》を落っことしかけた。兄ちゃんは高校を卒業したら島に戻ってきて、伯父の農園を継ぐはずだ。

「なんで?」

詰《なじ》るような口調になってしまったのは、驚きに次いで、じわじわと不満がこみあげてきたせいだ。三年だって長いのに、さらに四年も待つなんて。颯太は中学生になってしまう。

しかも、よくよく聞いてみれば、四年だけではすまなそうだった。

「船の設計をしたいんだ」

と兄ちゃんは言ったのだ。大学で機械工学を学び、船を造る会社に就職したい、と。島に帰ってくるひまがないほど忙しいのは、受験勉強の傍ら、学費をためるためにアルバイトに励んでいるからだという。

「それって、伯父ちゃんたちは……」

颯太はこわごわたずねた。兄ちゃんがさっと顔を曇らせた。

「いや、まだ誰にも話してない。今のとこ、知ってるのは颯太だけ」

颯太は息が苦しくなった。一番に選ばれて誇らしい気持ちと、知りたくなかったという気持ちがまぜこぜになって、胸の中でぐるぐる暴れていた。

「自分で説明したいから、親父たちには黙っててくれるか。叔父さんと叔母さんや、じいちゃんばあちゃんにも。あと、島のみんなにもな」

釘を刺されるまでもなく、誰かに話せば島中に知れ渡ってしまうだろうと颯太にも想像がついた。跡継ぎ息子を失う伯父たちが、すんなりと賛成はしないだろう、とも。

颯太だって、賛成できない。できるはずがない。でも、従弟《いとこ》を信頼して大事な決意を打ち明けてくれた兄ちゃんに、そうも言えなかった。

「わかった」

ふたりで指きりをした。颯太の手は海風でかじかんでいるのに、兄ちゃんの手はすごく熱かった。

それから毎日、ユリは門の前で颯太を待っているようになった。一緒に遊びたいならそう言えばいいものを、「ひまだから」と言い訳してみせるのが、ユリらしいといえばユリらしい。

「ママの言うとおり、のんびり休むことにしたの」

ママ、とユリが口にするたび、電話からもれてきた乾いた声が、颯太の耳によみがえる。あんなやりとりを聞かされてしまっては、ユリをじゃけんにあしらうのは気がとがめた。母親には冷たく突き放され、颯太にまで見捨てられたら、いくらなんでもかわいそうすぎる。おまけに、本人は拗《す》ねるでもなく、母親をかばおうとしているのだ。

日によって、海で遊んだり、釣りをしたり、ガジュマルの店をのぞいたりもした。颯太の友達にもひきあわせた。生意気な言動できらわれやしないかとひやひやしていたが、ユリは驚くほど感じよくふるまった。よけいなことは口にせず、質問されれば簡潔に答え、後はずっとにこにこしている。

あまりの豹変《ひょうへん》ぶりに、颯太は唖然とした。ふたりでいるときとえらく違う。

「ママが悪者になっちゃうの、やだから」

例の論法を、ユリはまた持ち出した。

「わたしがいい子にしてないと、ママの育てかたが悪いって言われちゃうでしょ？　だから、できるだけおとなしくしてようと思って」

かといって、ことさら無理をしているふうでもなく、それなりに楽しそうに過ごしている。島の子どもたちにちやほやされて、まんざらでもないのだろう。だったら颯太の前でもおとなしくしてくれればいいのに、ふたりきりになるなり、たちまち素が出る。

「だってもう手遅れでしょ、今さら。それに、たまには息抜きしないとやってらんないもん」

息抜きは、たとえば母親にまつわる自慢話だった。皆の前での奥ゆかしい物腰がうそみたいに——実際、うそなのだが——ユリはぺらぺらとまくしたてる。

「ママはスタイリストなの。売れっ子なんだよ」

「なんだそれ？」

颯太にとっては聞いたこともない職業だった。そんなことも知らないのかと言いたげに、ユリは眉を上げてみせた。

「テレビや映画とか、雑誌とかで、服や小物をコーディネートするんだよ」

コーディネート、という単語もひっかかったけれど、こっちはなんとなく聞いたことがあるような気もしたので質問はひかえた。これ以上ばかにされるのは癪《しゃく》だ。

「今はニューヨークで写真集の撮影だって。あ、ニューヨークは知ってるよね？　アメリカの街の名前だよ」

「知ってるに決まってるだろ」

やっぱり、ばかにされている。悔しかったが、それが誰の写真集なのかを聞いて颯太も息をのんだ。テレビで毎日のように見かける人気女優だ。

「本人がわざわざ指名してきたんだよ。どうしてもママにやってほしいって。すごくない？」

それはすごい。と口に出すのはかろうじてこらえたものの、颯太が感心しているのは伝わったのだろう、ユリは得意げに胸を張っていた。

多忙な母親が仕事で家を留守にするのは、これがはじめてではないらしい。そういう場合、離婚した元夫のもとに娘を預けていく。だが今回に限っては、折悪《おりあ》しくそちらも頼れなかった。映画監督の父親は新作の撮影中で、どうしても手が離せない。

「で、今ここ」

ユリがひとさし指を地面に向けた。

「わたしは留守番できるって言ったんだけどね。パパんちにいるときも、そこまで面倒見てもらってるわけじゃないし。でも、ママが心配しちゃって。海外だし、期間もいつもより長いから」

あの母親にも娘を想う気持ちはあるようだ。颯太は少し安心した。そういえば、電話をかけたときも、ユリの身になにかあったのかとあわてていた。

「おとなになったら、わたしもスタイリストになるんだ。ママみたいな」

ユリはうれしそうに言う。

「ねえ、颯太は？　将来、なにになりたい？」

いきなり話を振られて、颯太は面食らった。両親のことは好きだけれど、将来はあんなふうになりたいとあこがれ慕う対象ではない。

「さあな」

なにになりたいかは、まだよくわからない。でも、誰みたいになりたいかと問われれば、答えは決まっている。

颯太は武兄ちゃんについて話した。兄ちゃんがどんなに優しくてかしこくて頼りになるか、手短に説明するつもりだった。ところがユリは思いのほか聞き上手だった。それで話が長くなった。

気づけば、冬休みのあの告白のことまで、洗いざらい喋ってしまっていた。

島のみんなには内緒にしておくという約束を、忘れたわけではない。でもユリは「島のみんな」じゃない。もちろん、念入りに口どめもした。

「絶対、誰にも言わない」

ユリはいつになくきまじめな顔つきで誓った。指きりまでした。颯太が言い出したわけではなく、向こうから先に親指を立ててみせたのだ。

その意図をのみこめずに颯太がきょとんとしていたら、「あ、間違えた」とユリは小指を立て直した。颯太は急いで親指を突き出した。

「いや、合ってる」

ユリの指きりは、島育ちの母親じこみらしい。

「なんでうちだけ親指なんだろうって不思議だったんだ。これで謎が解けたよ」

ユリはすっきりしたようだった。颯太もまた、ユリとは違う意味で、すっきりしていた。ひとしきり話したら、心なしか体が軽くなった。ひとりで抱え続けるには、この秘密は重たすぎたのかもしれない。

「お兄ちゃんの夢、かなうといいね」

珍しくしんみりとした口ぶりで、ユリが言った。

「うん」

颯太は短く答えた。自分がさびしいからといって、武兄ちゃんの成功を願えないなんて、いかにも幼稚な気がしてきたのだ。ユリだって、母親と離れてさびしいとは一切言わない。

「颯太は味方になってあげなよ」

ユリが颯太の顔をじっと見た。

「ママが言ってた。島を出るとき、誰も味方になってくれなかったって。親も親戚も友達も、だあれも」

目をそらさずに、きっぱりと言い添える。

「だからわたし、決めたんだ。わたしはママの味方になるって」

島を発《た》つ前日、ガジュマルの店に行こうとユリは颯太を誘った。自分へのお土産に、オルゴールを作りたいのだという。

「いらっしゃいませ」

店員さんはふたりを快く迎えてくれた。ユリはここを気に入って、何度も足を運ぶうちに彼とも仲よくなっていた。どちらかといえば、同年代の子どもたちと一緒のときよりくつろいでいるようだ。取り乱したところを初日に見られてしまっているから、とりつくろわずにすんで楽なのかもしれない。

挨拶もそこそこに、ユリはさっそく棚からオルゴールをひとつとってきた。件《くだん》のバイオリン曲である。ユリがここへ来るたびにこれを鳴らしては、指使いの練習と称してバイオリンを弾く身ぶりをしてみせるので、颯太までメロディーが耳についてしまった。しかし題名はいまだに覚えられない。

この店では、器械の入った透明な箱を、好きな外箱に組みこんで売ってくれる。いくつか出してもらった外箱の見本は、大きさもかたちも材質もさまざまだった。表面に絵を描いたり、飾りつけしたりもできるそうで、ユリは南ノ浜で拾い集めた貝殻を持参している。

「颯太も一緒に作ろうよ」

「おれはいいよ。ここに住んでるのに、土産なんか要らないし」

「いいじゃない。記念になるよ」

押し問答になって、颯太はしかたなく正直に言った。

「それに、お金もない」

「わたしが払うよ。ママにお小遣いもらってるから」

ユリはこともなげに言うけれど、そういうわけにもいかない。颯太が困っていたら、店員さんが横から口を挟んだ。

「一個分の代金で、二個作っていいですよ。子ども料金ってことで」

「やったあ。ありがとうございます」

ユリがすかさず礼を言う。まだ少々まごついている颯太に向かって、店員さんはにこやかにつけ加えた。

「それに、こないだ店番もしてもらいましたし」

店番といっても、お客は誰も来なかった。考えてみれば、ここで他の客と出くわしたことは一度もない。その日も例外ではなく、颯太たちはレジ台のところで雑談していただけだったが、おかげでお昼をゆっくり食べられました、と彼は喜んでくれた。

「いい記念になりますよ。さっき、あなたも言っていたとおり」

店員さんがユリの手もとに目をやった。

「音楽は記憶とつながっていますからね。たとえばこの先、その曲を聴くことがあれば、僕はきっとあなたがたのことを思い出します」

「ほんとに？」

ユリが照れくさそうに微笑《ほほえ》んだ。

好きなアニメの主題歌を、颯太は選んだ。外箱はふたりとも、飾りけのない四角い箱にした。颯太が緑色で、ユリは淡いピンクだ。店員さんはそれぞれの箱に手際よく器械をはめこむと、テーブルのひきだしからひらたい籐《とう》のかごを出した。

「よかったら、使って下さい」

色とりどりのビーズや、ハートや星のかたちをしたスパンコールや、駄菓子のおまけについてくるようなプラスチックの人形なんかが、こまごまと入っている。接着剤で箱の表面に貼りつけるらしい。

「わあ、かわいい」

貝殻を使うと言っていたユリだが、こちらも気になるようで、かごの中身を物色しはじめた。レースやリボン、ボタンもある。ちょっと女子っぽい感じだけれど、颯太も少しわくわくしてきた。工作はけっこう得意なのだ。

完成したオルゴールは、ひとまず店で預かってもらうことになった。接着剤が乾ききるまで動かさないほうがいいと店員さんに言われたのだ。テーブルの隅に、颯太とユリはおのおのオルゴールを置いた。

颯太はふたの上いっぱいに、細かいビーズを使って、アニメに登場する戦士を描いた。武兄ちゃんが島にいた頃、プラモデル作りをよく手伝っていたので、地道な作業も苦ではなかった。ユリのほうも力作だ。大小の貝殻をパズルのように組みあわせ、ふたと側面をびっしり覆っている。

「じゃあ明日、午前中に取りに来ます」

ユリが言った。今晩母親が迎えに来て、実家に一泊し、昼には島を出る予定らしい。

「わかりました。お待ちしています」

店員さんに見送られ、颯太たちは家路についた。ガジュマルの木の上に広がる空が、夕焼けの色に染まりはじめている。作業に熱中して、思ったよりも長居してしまった。

おもての道に出たところで、ユリが立ちどまった。

「この、なんにもない景色ともお別れだね。もう見られないと思うと、ちょっとだけ名残《なごり》惜しいかも」

南ノ浜の方角を見下ろして、感慨深げに言う。

「東京に帰ったら、バイオリンの練習がんばらなくちゃ。お買いものにも行きたいし、映画も見たいし、忙しくなりそう」

大丈夫かな、不安だなあ、とわざとらしく首を振ってみせる。言葉とはうらはらに、見るからに浮かれている。

颯太は黙って歩き出した。

「今日はママも一緒にごはん食べるんだ。最後の晩餐《ばんさん》。おばあちゃんが張りきっちゃって、山ほどお刺身買ってきてた。おじいちゃんもさあ、いつもはママの文句ばっかり言ってるくせに、朝からそわそわしてるの。うれしいんだと思う。自分では絶対に認めないけどね、ほんと素直じゃないよね」

べらべら喋り続けるユリに相槌《あいづち》を打つ気にもなれなくて、足を速める。お別れだの、最後だの、いちいち言わなくたってわかってる。

「待ってよ」

ユリが小走りに追いかけてきて、颯太の横に並んだ。

「お兄ちゃんに会えなかったのは、残念だったな」

これは口先だけでもなさそうで、唇をとがらせている。

結局、武兄ちゃんはお盆休みにも帰ってこなかったのだ。「なに考えてんだあいつは」と伯父はぶつくさ言っていた。兄ちゃんがなにを考えているのか知っている颯太としては、いたたまれなかった。

「忙しいもんね。アルバイトと勉強で、夏休みどころじゃないのかも。ま、しかたないね」

颯太もそう思う。ただ、赤の他人に「しかたない」とあっさり片づけてほしくもない。

「そんなに落ちこまないでよ。まだ夏休みは一週間あるしさ。夏休みがだめでも、すぐ冬休みが来るって」

ユリが颯太の背中をぽんとたたいた。励ましてくれているつもりだというのは、颯太にもわかった。わかったけれど、いらつく。

「適当なこと言うなよ。だいたい、お前には関係ないし」

体をひねり、ユリの手を払いのけた。上機嫌だったユリも、さすがに顔をこわばらせた。

「なに怒ってんの？　やつあたりしないでよ。さびしいのはわかるけど、わたしのせいじゃ……」

そこで、唐突に口をつぐんだ。

「なんだよ？」

「あれ、ひょっとして」

思わせぶりに、また言葉をとぎらせる。にんまりと笑っている。颯太はいらいらして問い返した。

「だから、なんなんだよ？」

「颯太、わたしとお別れするのがさびしいんだ？」

「は？」

「なあんだ。さびしいならさびしいって、はっきり言ってよ。心配しないで。わたしは颯太のこと忘れないよ。約束する」

ユリが片手を差し出した。

「指きりしよっか？」

颯太はとっさに一歩後ずさった。

「しねえよ」

「どうしたの、顔赤いよ。もしかして照れてる？」

おもしろそうに言われ、かっと頭に血が上った。

「なに言ってんの、ばっかじゃねえの？」

ものすごい大声が出た。

「さびしいわけないだろ。全然さびしくなんかない。ていうか、うれしい。明日からやっと静かになって。ほんと、まじで、うれしすぎる」

ユリがまばたきして手をひっこめた。

「さっさと東京に帰れよ。言っとくけど、おれはお前のことなんかすぐ忘れるから。明日になったら、もう忘れてる」

ユリはなにも言わない。大きな目を、ますます大きく見開いている。

泣くのか、と一瞬だけ颯太はたじろいだ。ユリは怒っているというより、悲しそうに見えたのだ。

でもユリは泣かなかった。颯太をきっとにらみつけ、口を開きかけ、そして、ふいと視線をそらした。

「ママ！」

颯太を置いて、ユリはいちもくさんに道の先へ駆けていった。


次の日、ユリたちは昼前に家を出ていった。

颯太が自分の目で見届けたわけではない。「忘れものはないか」「おいマミ、これも持ってけ」「そろそろ出なきゃ乗り遅れるぞ」「ほら、ばあちゃんも早く」などと高橋のじいちゃんがどなる声が、颯太の寝そべっている茶の間まで聞こえてきたのだ。夫婦そろって、娘と孫を港まで送っていくらしい。

隣家が静かになってからも、颯太は起きあがらなかった。見送りに行くつもりはない。行くもんか。

ぎゅっと目をつぶる。キイ、キイ、と妙な音がする。高くてかぼそい。ブランコのようでも、自転車のようでも、猫や鳥の鳴き声のようでもある。あのときと同じだ。ただし今回は、耳の外側ではなく内側から音が響いてくる。

颯太はいっそう固く目を閉じた。耳をすます。今にもユリの悲鳴が聞こえてきそうな気がするのに、耳に届くのはかしましい蝉の声ばかりだ。

急にばかばかしくなって、まぶたを開けた。聞こえるはずがない。ユリはもういない。

背中を畳からひきはがし、玄関を出た。熱気と湿気がむわっとまとわりついてくる。太った三毛猫が一匹、のそのそと高橋家の生垣にもぐりこんでいく。路地を抜けて、診療所の角で足がとまった。左に折れれば、港に通じる下り坂に出る。

行くあてもないまま、右に曲がる。機械的に足を動かす。容赦なく照りつける太陽にあぶられて全身から汗がふきだし、暑さで頭がぼんやりしてくる。人影のない道の行く手に、ガジュマルの大木が見えた。

「いらっしゃいませ」

店員さんはいつもどおりの笑顔で颯太を迎えてくれた。

「きれいに乾いてますよ。今、袋を出しますね」

テーブルに目をやって、颯太はぽかんとした。昨日置いて帰ったふたつのオルゴールは、すでにひとつだけになっている。そこまでは颯太も予期していたとおりだ。

しかし、その箱は緑色ではなかった。

「あの、これ、ユリのじゃ……」

ビーズではなく貝殻で覆われたオルゴールを、颯太はおずおずと指さした。店員さんがいぶかしげに首をかしげる。

「ええ。交換することにしたんですよね?」

そうすれば次に会うときまでお互いのことを忘れずにいられるから、とユリは彼に説明していたそうだ。

「名案だなって思ったんですけど、じゃあ……」

最後まで聞かずに、颯太は店から駆け出した。

わたしは颯太のこと忘れないよ、とユリは約束してくれた。それなのに颯太は、お前のことなんかすぐ忘れる、とはねつけた。ばっかじゃねえの、と悪態までついた。

ばかは、どっちだ。

全速力で来た道を戻って、路地の奥へと駆けこんだ。門の前に停めてあった自転車に飛び乗る。じきに船の出航する時刻だ。これから港まで走っても、船出にはまにあわない。となると、めざすべき行き先はひとつしかない。

島の北端にあたる北ノ岬《みさき》からは、本島に向かう船がよく見える。武兄ちゃんに教わった。兄ちゃんが本島に戻るとき、颯太はまず港で見送った後、自転車で海岸沿いを岬まで飛ばして、もう一度船に手を振ることにしている。運がよければ、豆粒ほどの大きさではあるものの、デッキで手を振り返してくれている兄ちゃんの姿も見える。

わたしは颯太のこと忘れないよ。

夢中でペダルをこぐ颯太の頭の中で、確信に満ちたユリの声音が回っている。同じ旋律をいつまでも繰り返し奏でる、オルゴールみたいに。

岬まで下るまっすぐな坂にさしかかったとき、左手にそびえる崖《がけ》の向こうから、小さな船影が現れた。

「ユリ！」

ありったけの力をこめて叫ぶ。ちかちか光る海がまぶしすぎて、船のデッキに誰かいるかはよく見えない。もし見えても、それがユリかはわからない。もしユリだったとしても、こんなに遠くから声が届くはずもない。

「ユリ！」

一直線に自転車を走らせながら、それでも颯太は叫び続ける。白い航跡を残して遠ざかっていく船に向かって、何度でも、声を限りに叫び続ける。

ハミング

広場は村人たちでごった返している。屋台で準備に励む女たち、すでに酒を飲んでいるのだろう赤ら顔の陽気な男たち、彼らの間を駆け回る子どもたち。甲高い笑い声に野太いどなり声、調子はずれの歌声から赤ん坊の泣きわめく声まで、すさまじい喧騒の中で皆が負けないように声を張りあげるものだから、いよいよ大変なことになっている。

ハンナは小さくつばを飲みこんで、広場に足を踏み入れた。島の祭を見るのは、これで二度目になる。こちらへ来てまもなく、十月のはじめに、秋祭が行われた。

そして今回は、夏至《げし》の祭だという。

夏至といえば、北欧では最も重要な祭日のひとつだ。ハンナの母国もそうだが、冬の日照時間がおそろしく短い土地で、人々は夏の陽光に執着する。一年で最も日が長い、すなわち最も長く太陽のもとで過ごせる一日は、それだけで祝福に値する。

たとえばハンナの生まれ育った町では、十二月ともなると、朝十時頃にようやっと顔を見せた太陽が昼の三時を待たずに沈んでしまう。天気の悪い日も多く、おまけに寒い。誰もが家にこもってひたすら春を待ちわび、そして短い夏がやってくると、せっせと日光浴に勤しむ。お日様の光と熱を心身にたっぷり蓄えておいて、陰鬱《いんうつ》な厳しい冬を耐え抜くために。

それにひきかえ、ここの冬は、ハンナの感覚ではとても冬とは呼べない。

この島に来て八カ月間、汗ばむような陽気が続いている。先月あたりからは、もはや真夏といってもいいんじゃないかと思う。照りつける陽ざしの色からして違う。こうして日中に外出するときは、必ず帽子をかぶり、入念に日焼けどめを塗らなければならない。さもないと、またたくまに肌が真っ赤にほてって何日もひりひりと痛む。日に焼けるというより、こげる感じなのだ。

こんな気候でも夏至を祝う習慣があるなんて、不思議だ。夏という季節の訪れを、また太陽の恵みを、ことさらにありがたがるまでもない気がする。国民の休日ではないらしいし、地域限定の行事なのだろうか。島には他にも独自の風習がいくつもある。「ガラパゴスだからな」と夫はなぜか誇らしげに言う。

広場の様子は、秋祭のときとほぼ変わらない。中央に篝火《かがりび》の薪《まき》が高く積みあげられ、周りに屋台がいくつも並んでいる。人々のざわめきも、活気も、前回と同じだ。ハンナがきょろきょろと左右を見回していても、ぶしつけな視線を向けられずにすむようになったところは、八カ月前とは違うけれども。

夫は広場の隅にかがみこんでいた。

ハンナはそばに歩み寄り、名前を呼んだ。反応はさほど期待していなかったが、案の定、夫はじっと顔をふせたまま動かない。

三年前の春にはじめて出会ったときにも、夫は同じ体勢で広場の隅にうずくまっていた。この広場ではない。こぢんまりとした聖堂に面し、ささやかな噴水とベンチをいくつか備えた、石畳の広場である。週末には朝市が開かれ、野菜や果物、肉に魚にチーズ、生花から菓子まで、さまざまな品物が並ぶ。子どもの頃は、両親の買い出しにくっついていくのが楽しみだった。兄妹そろって好物のシナモンロールをねだっては、その場でほおばった。

けれど平日の夕方には、広場はひっそりと静かだった。

勤め帰りのハンナは、同じく家路を急ぐ人々がちらほらとゆきかう広場を通りかかった。空はまだ薄明るいものの、風が冷たかった。

噴水の横を過ぎたところで人影に気づいた。聖堂の正面玄関へ続く石段の手前に、誰かがしゃがんでいる。黒っぽい上着に包まれた背中が、ともったばかりの街燈《がいとう》にぼうっと照らされていた。髪型や体格からして男性のようだった。

その時点では、特になんとも思わなかった。地面になにか落として拾おうとしているのか、靴ひもを結び直しているのか、いずれにせよすぐに歩き出すだろう。

ところが、男は一向に立ちあがらなかった。聖堂のファサードにあしらわれた聖人たちの彫刻さながらに、微動だにしない。そばまで近づいてみたら、遠目にはよく見えていなかった、髪と肌の色が確認できた。おそらく東洋人だ。旅行者だろうか。町に特別な名所はないが、郊外の湖と周辺の森林一帯が国立公園として整備されていて、駅やバス停で外国人観光客を見かけることはたまにある。ただ、アジア系はめったにいない。

見たところ、身なりはきちんとしている。酔っぱらっているふうでもない。体調が悪いのかもしれないと思いいたり、ハンナはにわかに心配になった。もう一度広場を見回して、引き続き人通りがとだえていないのを確かめてから、英語で声をかけてみた。

「大丈夫ですか?」

返事はなかった。相変わらず、身じろぎもしない。よっぽどぐあいが悪いのだろうか。迷った末に、ハンナはおそるおそる彼の肩をつついた。

「あの、大丈夫ですか」

男がびくりと体を震わせて、勢いよく顔を上げた。

予想どおり東洋人だった。若くはないが年寄りでもない。夜気を吸いこんだようなくろぐろとした瞳が、こちらを見上げている。そのうつろな目つきにハンナはたじろいだ。焦点が合っていない。

彼がわれに返ったようにまばたきするまで、ふたりは見つめあっていた。ずいぶん長い時間が経ったような気がしたけれど、後から思い返してみれば、せいぜい二、三秒だっただろう。

「すみません」

きまり悪そうに彼は言った。日本語だった。

目をまるくしているハンナを見て、あわてたふうに首を振り、やや癖のある英語で「すみません、大丈夫です」と言い直す。日本語が通じなかったと考えたのだろう。

そうではなかった。通じたからこそ、ハンナは驚いたのだ。日本語を耳にするのは、かなりひさしぶりだった。

「あなたは日本人ですか?」

ハンナは日本語でたずねた。今度は彼のほうが、目をまるくした。

ハンナが大学で日本語のクラスを履修したのは、フランス語やスペイン語よりおもしろそうだという、ごく軽い好奇心からだった。それ以前は、日本にまつわる知識はほとんど持ちあわせていなかった。強いていうなら、日本のアニメーション映画は好きだったが、有名な作品をいくつか見たことがある程度にすぎず、人並み以上に詳しいわけでもなかった。それも、魔女やらモノノケやら空飛ぶ城やらが出てくる、いわゆるファンタジーもので、日本という国についての理解が深まるような内容ではなかった。知っている日本語といえば、スシとサムライとトーフとカラテ、あとは自動車や家電の企業名くらいだった。

だから、初日は教室に入るなり腰がひけてしまった。漢字のロゴや、漫画ふうのイラストが入ったTシャツを着た学生が、何人もいた。服は普通でも、よく見たらペンケースに似たようなイラストがついていたり、バッグにマスコットがぶらさがっていたりする。最前列の男子学生ふたりは早くも意気投合し、アニメの話題で盛りあがっていた。どちらも、異様に目と胸が大きな少女の絵がプリントされたスウェットシャツを着ている。

始業のチャイムが鳴ると同時に、豊かな銀髪と同じ色のあごひげをたくわえた、姿勢のいい初老の教官が教室に入ってきた。

「はじめまして。担当のコルホネンです」

彼は名乗り、「コンニチハ」とつけ加えた。

「コンニチハ！」

最前列の男子たちが元気いっぱいに応えたので、挨拶の言葉なのだろうとハンナにも察しがついた。

まず、三十人あまりの受講生が順に自己紹介をした。「履修のきっかけも教えて下さい」と先生は言い、それらをホワイトボードに書きとめていった。半数近くの学生が、漫画やアニメを通して日本語に興味を持つようになったと話した。男子にはゲームも人気があった。若者の斬新なファッションについて熱く語る女子もいた。映画監督や小説家、神社仏閣などの名前も挙がった。オンミョージ、ゴスロリ、オヅ、ワビサビ、アキバ、ハルキムラカミ、当時のハンナにはなじみのない言葉ばかりだった。

コルホネン先生は終始にこやかに相槌《あいづち》を打っていた。「あまりメジャーな作品ではないですが」とか「ご存じないかもしれませんけど」とか、おずおずと前置きされても、ひるむそぶりは微塵もなかった。

「あれは結末が最高でしたね」

「わたしも日本に住んでいた頃に行きました。仏像のコレクションが圧巻で」

「シリーズ最新作が来年公開されますよね。楽しみですねえ」

先生がひとこと返すだけで、発言した学生は例外なく顔をほころばせた。その表情を見れば、なにがなんだかわからず聞いているハンナにも、的確な返答なのだと知れた。ハンナが好きだと言ったアニメ映画のことも、「あのスタジオの作品はどれも実にすばらしい。日本の宝です」と力強く絶賛してもらえた。

全員が自己紹介を終えると、コルホネン先生はペンを置き、文字で埋めつくされたホワイトボードをしみじみと眺めた。

「日本という国に、いかに多様な文化が根づいているかがよくわかりますね。古くからの伝統もあれば、最先端のポップカルチャーもある」

教室を見回して、かんで含めるように続けた。

「言語というのは、目的ではなく手段です。それを喋る人々とコミュニケーションをとるための、便利な道具にすぎません。文法や語彙《ごい》ももちろん大事ですが、本当の意味で言語を習得するには、彼らの文化も理解しなければいけません」

ハンナは腰をかがめて、夫の肩に手を置いた。

初対面のときと違って、あわてることも、いぶかしむこともない。夫は体調が悪いわけではない。落としものを探しているわけでも、靴ひもを結び直しているわけでもない。そもそも夫がはいているのはゴムゾーリだ。

夫は地面を見ている。正確にいうなら、地面に生えている草を、観察しているのだ。

夫は植物学者だ。ハンナの郷里に来ていたのも、研究のためだった。町に宿をとり、郊外の国立公園に日参して森林の植生を調べていた。広場でハンナと出くわしたときは、石畳の隙間から芽吹いた雑草に見入っていたらしい。

夫が顔を上げ、目をしばたたく。さまよう視線の焦点が定まるまで、ハンナはしばし待つ。

「あれ、ハンナ？　どうした？」

首をかしげつつ腰を伸ばした夫に、携帯電話を手渡した。

「これ、忘れてたから」

「あっ、ごめん。うっかりしてた」

うっかりしていたというより、関心がないのだ。とりたてて不便も感じていないのだろう。

集中している最中にじゃまされなくてすむから、不便どころか快適なのかもしれない。

ただし、周りの人間は快適とはいえない。

「さっき、電話がかかってきてたよ。急ぎの用かも」

この間も、勤め先からの電話を放ったらかしにしていて、後でこっぴどくしかられたそうだ。早急に確認したいことがあったのに、連絡がつかなくて弱ったらしい。ハンナにも何度か同じ経験がある。夫の性格を知っているので、半ばあきらめていた。

そんなことではいざというときに困る、とわりに本気で思うようになったのは、けっこう最近の話だ。

「ありがとう。わざわざごめん」

赤やピンクの花かんむりを頭にのせた子どもたちが、すれ違いざまにちらちらとこちらをうかがっている。島内に外国人はハンナしか住んでいない。歩いているだけで好奇の目を向けられる時期は過ぎたものの、たどたどしいとはいえ日本語を喋ってみせると、びっくりされることはまだ多い。

「あら、もう来てたの？」

背後から声をかけられて、ハンナは振り向いた。

「まだ暑いし、夕方からでよかったのに」

義姉《あね》だった。彼女は日本人の中でもひときわ小柄で、頭のてっぺんがハンナの胸あたりにくる。

夫は六人姉弟の末っ子で、長姉にあたる彼女とは、日本式にいえば「ひと回り」の年齢差がある。夫よりさらに十歳下のハンナにとっては、五十代というと母親世代に近い。もっとも、アジア女性の例にもれず、義姉の見た目は実年齢よりはるかに若々しい。ネックレスのように首からかけた黄色い花輪も、無理なく似合っている。

「これを届けてくれたんだよ」

夫が手に持った携帯電話をかかげてみせた。義姉が顔をしかめる。

「やだ、また忘れてたの？　ほんとにぼんやりしてるんだから。ごめんねハンナちゃん、手のかかる子で」

「いえ」

日本の妻はかいがいしく夫の世話を焼くものとみなされているふしがあるようだが、自国で徹底した男女平等教育を受けたハンナにそういう発想はない。自立したおとななのだから、好きなようにすればいい。ハンナのほうも、自立したおとなとして、好きなようにしたい。

夫とともに日本で暮らすというのも、自分で決めたことだ。行ったこともない、知りあいもいない、言語も文化もまるで違う異国でうまくやっていけるのか、不安がなかったわけではないけれど、わくわくする気持ちのほうが強かった。コルホネン先生の薫陶《くんとう》を受けたハンナにとって、ニッポンはあこがれの国だった。

あこがれの国で、愛するひとと生きていくのだから、なにも文句はない。ないはずだった。

「だいたい、この忙しい日に、こんな隅っこで油売ってちゃだめじゃないの」

義姉にたしなめられ、夫はしゅんと肩をすぼめている。油を売る、は怠けるという意味の慣用句だ。夫がよく義姉に説教されているので、ハンナも覚えた。夫は怠けているわけではなく、むしろ研究者として仕事熱心といっていいと思うのに、どうも周囲の理解を得られない。

日本人は勤勉で謙虚で和を重んじる民族だ、とコルホネン先生には教わった。夫も勤勉かつ謙虚だが、和はどちらかといえば乱している。集団行動が苦手なのだ。親戚の間でも変わり者とみなされている。海の向こうから金髪碧眼《きんぱつへきがん》の妻を連れ帰ったことも、その印象に拍車をかけているのだろう。

「ほら、お兄ちゃんたちもがんばってるじゃない。あんたも手伝ってきなさいな」

義姉はつけつけと言い、薪を運んでいる義兄《あに》たちをあごでしゃくってみせた。母親じみた口調は、おそらく年齢差のせいばかりではない。夫は物心つく前に実の母を亡くし、長姉が幼い弟妹の面倒を見ていたそうだ。

ことに、個性的な末っ子の行く末については、長年気をもんでいたらしい。はじめて対面した日、義姉はハンナの手をぎゅっと握りしめて涙ぐんだ。ありがとう。この子にお嫁さんが来てくれるなんて夢みたい。至らない弟だけど、よろしくお願いします。

ハンナがこの島に引っ越してきた日のことだ。

夫の次兄が車で港まで迎えに来て、案内がてら海岸沿いを一周してくれた。後部座席に乗りこんだハンナは、窓の外に広がる景色に目を奪われた。海と、空と、サトウキビ畑があった。その他には、なにもなかった。

来日前に思い描いていたニッポンのイメージとは、あまりにもかけ離れていた。

コルホネン先生の授業では、日本で撮った写真や動画をたびたび見せてもらった。ダイブツもスモウもメイドカフェも興味深かったけれど、とりわけ衝撃的だったのは、駅前の交差点の映像だ。シブヤかシンジュクか、ともかくトーキョーの巨大な繁華街で、青信号になったとたん、おびただしい数の歩行者が四方八方からいっせいに横断歩道を渡る。ぶつからないのが信じがたいほどの混雑ぶりに、学生たちは目をみはった。

「なにか大きなイベントでもあるんですか？　お祭とか？」

ひとりが質問した。

「いえ、なにも。これは、普通の平日の昼間に撮ったものです」

先生は肩をすくめて、言い足した。

「トーキョーの人口は、わが国全土の人口の倍以上ですから」

むろん、日本中がどこもかしこもそんな大都会だとは、ハンナも思っていなかった。トーキョーは首都であり、国の中心なのだ。「うちは田舎だよ」と夫から聞かされてもいた。

そうはいっても、想像力には限度というものがある。

この島の人口は四百人あまりだ。ハンナが暮らしていた町の、二倍どころか二十分の一にも満たない。楽しみにしていた本屋も映画館も、ジンジャもスシバーもない。そういったものはすべて本島にある。夫の働く研究所も同様で、片道一時間以上もかけて船で通勤している。

それらの事実をハンナが知るのはもっと先の話になるが、あの日サトウキビ畑に囲まれた一本道を走りながら、うすうす覚悟はできていた気がする。

信号のない道をすいすい走っていた車が突然とまり、ハンナは前につんのめった。

「すまん」

義兄が謝り、ソーリー、とハンナに向かって言い直した。「日本語で大丈夫だよ」と夫が助手席から口を挟んだ。

当のハンナは、フロントガラスの向こうに気をとられていた。道路の真ん中に白っぽい動物がぬっと立っている。二匹、いや三匹いる。一匹だけ小さいのは子どもだろうか。

「ヤギだ」

夫がつぶやいた。義兄がうんざりしたように舌打ちする。ふたりとも驚いた様子はない。ヤギに通せんぼうされるくらい、ここではさして珍しくもないようだった。

何度かクラクションを鳴らしたが、ヤギの親子はびくともしなかった。彼らにとっても、人間にクラクションを鳴らされることは珍しくないのかもしれない。

「しょうがないな。引き返すか」

義兄がハンドルを握り直したとき、道の反対側からもう一台車が走ってきて、同じく急停車した。けたたましいクラクションが響き渡った。

前後を車に挟まれても、ヤギたちは悠々と路上に居座っていた。しびれを切らしたのだろう、向こうの運転手が道に降りてきた。つばの広い麦わら帽子で顔は隠れているけれど、女性のようだった。

彼女は一番大きなヤギにつかつかと近づき、首根っこをつかまえて、大声でどなりつけた。

「どきなさい！　あんたたちだけの道じゃないんだよ！」

「あ」

と義兄が言い、

「姉ちゃん？」

と夫が言った。


その晩は、夫の親族が集まって宴会になった。夫婦のなれそめをたずねられ、わたしが「ナンパ」しました、とハンナが正直に打ち明けたところ、不可解そうに首をひねられた。

「物好きだねえ。この子のどこがよかったわけ？」

モノズキの語義を知らなくても、質問の意図はくみとれた。日本では身内のことを卑下するのが礼儀だと、これもコルホネン先生に「フツツカ」という単語とあわせて教わったのだが、親戚一同の胡乱《うろん》な顔つきを見る限り、あながち社交辞令でもなさそうだった。

「魅力的だったからです」

ハンナはきっぱりと答えた。彼の日本語が、という主語はあえて省いた。それくらいのソンタクはハンナにもできる。日本語は主語を抜いても文章が成り立つので、こういうときに便利だ。そのせいで、大学の試験ではさんざん苦しめられたけれど。

今にして思えば、見知らぬ外国人をいきなり夕食に誘うなんて、われながら大胆なことをしたものだ。

でもあのときは、まったく迷わなかった。ひさびさの日本語が無性になつかしく、独特のやわらかい響きをもっと聞きたかった。この機会を逃したら、次はいつ日本人に会えるかわからない。

路地裏の小さな食堂に入った。食事中、日本語で会話させてもらえないかとハンナが頼むと、彼は快く応じてくれた。僕もなんだかほっとします、とはにかんだ笑みを浮かべてもみせた。いくらか故郷が恋しくなっていたのかもしれない。

理科大学の附属研究所に勤めていると彼は言った。今回のように、海外でのフィールドワークに派遣されることも多いらしい。ハンナのほうも、自分の身の上を話した。この町で生まれ育ったこと、大学で三年にわたって日本語のクラスをとっていたこと、卒業後は役場で働いていること。長らく使う機会のなかった日本語は想像以上に錆《さ》びついていて、簡単な単語が出てこなくて歯がゆかった。しょっちゅう口ごもるハンナを、彼は急《せ》かさず待っていてくれた。下手ですみませんとハンナが謝ると、「とんでもない、すごく上手です」と真顔で否定した。食事を終える頃には、ハンナは彼の日本語だけでなく、柔和で朴訥《ぼくとつ》とした雰囲気にもすっかり惹きつけられていた。

彼が帰国するまで、何度も会った。休日に国立公園を案内してもらったこともある。新緑の森を、彼は自在に歩き回った。遠い国から来たというのに、まるで自分の庭みたいだった。草花の名前や生態を教えてくれる口ぶりも、表情も、町にいるときより生き生きしていた。

湖のほとりに、ぽつぽつと白いつぼみをつけた大木がそびえていた。

「この花は」

と彼は説明しかけて、こずえからハンナへと視線を移した。

「似ていますね、音の響きが。花と、ハンナ」

花、ハンナ、とはずんだ声で繰り返す。外国人が発音の練習をするように、あるいは、幼児が好きなものの名前を飽きずに連呼するように。

翌月、さびしがるハンナに「また来ます」と名残惜《なごり》しげに約束して、彼は帰国した。四度それが繰り返された。一年目は春と秋、二年目は夏と冬に、彼はハンナの町にやってきて、毎回ふた月ほど滞在した。

三年目の春に、これが最後の出張になると彼は告げた。そして言った。

「僕と一緒に、日本に来てくれませんか」


夕方、篝火に点火する頃合になったら夫が連絡をくれるというので、ハンナはいったん家に帰ることにした。義姉が広場の出口まで見送ってくれた。これから屋台の当番だと聞いて、ハンナも手伝おうかと申し出てみたけれど、言下に断られた。

「いいのいいの、ゆっくり休んでて」

すばやく左右を見回して、義姉は声をひそめた。

「ねえ、体は本当に大丈夫？　家まで送らなくていい？」

「大丈夫です」

ハンナもつられて小声になる。

「ほんとに？　無理しないでよ？」

「してません」

しまった、と思う。言いかたがちょっと強すぎた。義姉は口をつぐみ、一拍おいて、「それならいいわ」と微笑《ほほえ》んだ。ぶらさげていた白いポリ袋を、ハンナの手に押しつける。

「そうだ、これ持ってって。もう食欲はあるのよね？」

中をのぞくと、たこ焼きのパックが入っていた。

「はい。たこ焼き、好きです」

日本の食べものはおいしい。サシミも、ラーメンも、オデンも、オコノミヤキも、みんな好きだ。

ひとつだけ物足りなかったのは、焼きたてのシナモンロールが手に入らないことだった。

島内にパン屋はない。唯一あった店が、数年前につぶれてしまったきりらしい。ただ、その置き土産が義姉の家に残されていた。本土にひきあげる店主から格安で買いとった、巨大な業務用オーヴンである。

このオーヴンを借りて、ハンナはシナモンロールを焼いてみた。島の共同売店にはシナモンもカルダモンも置いていなかったので、夫が本島に出勤するついでに買ってきてもらった。焼きあがったものを義姉にも進呈したところ、こんなおいしいパンは生まれてはじめて食べた、とほめちぎられた。

義姉が隣近所にも自慢したものだから、食べてみたいと方々から頼まれ、一時期ハンナはパン職人さながらにシナモンロールを焼き続けた。ほめられると励みになったし、隣人たちとの距離も一気に縮まったようで、苦にはならなかった。お返しに、自家製の野菜や米や、海で釣った魚ももらった。同じくいただきものの、島の特産だという黒糖を使ったら、一段と風味豊かに焼きあがった。味見した夫は、「異文化の融合だね」と感慨深げに言った。

異文化の融合。美しい言葉だ。

義姉と別れ、家までの道をたどる。人影はない。商店も軒並《のきな》み閉まっている。村人たちがこぞって広場に集まっているせいだろう。

共同売店を過ぎ、郵便局を過ぎ、義姉が三匹の猫とともに暮らしている家の前も過ぎる。義姉は離婚するまで島外にいたらしいが、詳しくは聞いていない。もう忘れちゃったわ、大昔のことだもの、と本人はからから笑っていた。

それにしても暑い。体が汗でべたついて気持ち悪い。首筋に張りついた髪を払った拍子にたこ焼きの袋が揺れ、甘辛いソースのにおいが鼻先をかすめた。

本当は、たこ焼きよりもシナモンロールが食べたい。最後に焼いたのは四月の終わりだった。あのときももう、そうとう暑かった。オーヴンの熱気で汗だくになったハンナに、しばらくお休みにしたら、と義姉は言った。体にさわるといけないからね。

不意にめまいを覚え、ハンナは立ちすくんだ。

手足がしびれて動かない。体中がほてっているのに、どういうわけか寒気もする。力を振りしぼって前に進もうとした瞬間に、ふっと視界が暗くなった。

まぶたを開けると、天井の木目が見えた。

一瞬だけ、どこにいるのか混乱した。電灯の四角いかさに見覚えがあることに気づいて、全身から力が抜ける。

わが家だ。なんとか無事に帰ってこられたらしい。

ハンナたちの住まいは、ショーワ的だとコルホネン先生なら感激しそうな、古めかしい日本家屋である。かつては夫の祖父母が住んでいたという。空き家になってからも、義姉が定期的に風を通してくれていたそうで、荒れた様子はなかった。庭に面した南向きの縁側を、ハンナはとても気に入っている。

あおむけに寝転がったまま、深呼吸する。めまいも動悸もおさまっている。汗もだいぶひいたようだ。手のひらで畳をなでる。結婚祝いに義兄たちが張り替えてくれたので、すがすがしい香りがまだほのかに残っている。

夢を見ていた。

ここのところ、毎晩のように故郷の夢を見る。起きたときには、内容はあやふやにかすみ、断片的な残像だけが目の裏に漂っている。朝市に並んだいちご、板書するコルホネン先生の背中、スクリーンの周りに付箋がぺたぺた貼りつけられた職場のパソコン、気の向くままに撮りためた写真のような、どうということもない風景ばかりだ。

子ども時代の景色も多い。自慢のバーベキューコンロでトナカイの肉を焼く父。鼻歌まじりに髪を編んでくれる母。きりんのぬいぐるみ。ピアノを弾く姉のしなやかな指。湖の波間からのぞく兄たちの濡れそぼった頭。隣家で飼われていた白い大型犬。寄り目になってバースデーケーキのろうそくを吹き消す幼なじみ。軒先にたれさがった鋭いつらら。

さっきまで見ていたのは、夏至の夢だった。いつになく鮮明なのは、昼間の浅く短い眠りだったせいだろうか。

祖父母が元気だった頃は、毎年、湖畔の別荘に親族が集まった。

パーティーは歌ではじまる。ごちそうが所狭しと並べられた、テラスの大きなテーブルで、祖父の音頭で合唱するのだ。歌い終えると、おとなは酒、子どもはジュースで乾杯する。最初の一度だけではなかった。食事中も、誰かが気まぐれに歌い出せば、周りも加わる。曲目もその都度変わった。夏至を祝う伝統的な歌が何種類もあった。そうして、必ず乾杯が続く。おとなたちの酔いが回るにつれ、その間隔はしだいに短くなる。満腹になった子どもたちはいつまでも行儀よく座っていられず、広い庭を駆け回って思い思いに遊びはじめた。

昼から飲み食いを続けていた親たちが腰を上げて庭に出てくるのは、夕方になってからだった。夕方といっても十分に日は高い。なにせ、年に一度の夏至なのだ。夜中まで空は明るい。散らばっていた子どもたちも、そばに集まってくる。今度はただ歌うだけではない。歌いながら、踊るのだ。

夢の中で、幼いハンナはわれを忘れて踊っていた。決まったふりつけはない。従兄弟《いとこ》たちも芝生の上をでたらめに跳ね回っている。父と母は互いの腰に手を回し、優雅にステップを踏んでいる。祖父母は腕を組み、ゆったりと体を左右に揺らしている。

そう、このメロディーに合わせて。

晴れやかなリズムに身を委ねつつ、うっとりと目をつむろうとして、ハンナははっと息をのんだ。

夢では、ない。誰かが、それもすぐそばで、気持ちよさそうにあの曲をハミングしている。

縁側の端に腰かけている男の顔には、見覚えがあった。

「ああ、起きましたか。気分はどうですか？」

ハンナは彼を呆然《ぼうぜん》と眺めた。耳の奥で、故郷の音楽がまだ鳴っている。彼が腕を伸ばして、往来のほうを指さした。

「あ、僕、そこのオルゴール屋の者です。ときどき道でお会いしますよね？」

「ええと、ガジュマルの……」

ハンナは言った。道を挟んではす向かいにある店だ。店先の巨木にちなんで、ガジュマルの店と呼ばれている。中に入ったことはなく、オルゴールを売っているとは知らなかった。

「そうです、そうです」

店主いわく、ハンナは自宅の門前にうずくまっていたらしい。一応意識はあって、声をかけてくれた彼に「大丈夫です」と返事もしたという。全然覚えていない。

「ただ、ちょっと足もとがふらつくようだったので、肩を貸したんです。庭から入って、この縁側まで」

店主は手ぶりをつけて説明する。家に上がったハンナは、そのまま横になったと思ったら、すうっと寝入ってしまったそうだ。

「なんていうか、電池が切れたみたいに。気がゆるんだんですね、きっと。もう大丈夫だろうなとは思ったんですけど、少し気になったので」

それで、ハンナが目を覚ますのを待っていてくれたらしい。

「すみませんでした」

ハンナが恐縮して頭を下げると、店主は無造作に首を振ってみせた。

「気にしないで下さい。今日は店も休みだし、ひまなので。軽い熱中症かもしれませんね。ここ、本当に暑いから。僕も移住してきたばっかりの頃は、びっくりしました」

「島外から来たんですか？」

言われてみれば、島の男たちとはどことなく雰囲気が違う。日本人にしては肌の色も白い。

「はい。前は北のほうにいたので、温度差がすごくて」

彼は苦笑した。

「たぶん、だんだん楽になりますよ。僕も一年目は体調くずしましたけど、今年はそうでもないですし。三度目の夏だから、体が慣れてきたみたいで」

ハンナはあいまいにうなずいた。励まそうとしてくれているのはありがたいけれど、ハンナの体調不良は暑さのためばかりではない。

妊娠がわかったのは、四月の半ばだ。うれしかった。ハンナも島の生活になじんできた頃合で、ちょうどよかったと夫婦で喜んだ。

翌週、本島で診察を受けた。診断結果をしっかり理解するために、英語で対応してもらえる病院を探した。夫とも、日常会話ではハンナの練習も兼ねて日本語を使うが、役所関係や保険の手続きといった複雑かつ重要な事柄は英語でも確認している。

念のために同行してくれた夫を待合室に残して、ハンナは診察室に入った。白衣を着た若い男性医師が、ハロー、とうわずった声で言った。

「おめでとうございます。妊娠六週目です」

外国人に慣れていないのだろう、緊張しきったおももちだった。発音もぎこちない。

「ちなみに、今日はおひとりで来られましたか？」

「いえ、夫も一緒です」

ハンナが答えると、彼の表情はわずかにほぐれた。

「ご主人は、日本の方ですか？」

「はい」

「では、同席してもらってはどうでしょう」

特段、断る理由はなかった。考えてみれば、個人の病気ではなくふたりの赤ん坊の話なのだから、そろって説明を受けるというのは筋が通っている。

筋が通らないと思ったのは、夫がハンナの隣に腰を下ろすなり、医師が当然のように日本語で喋り出したことだった。ぼそぼそした早口は聞きとりづらく、独特の訛《なま》りもあった。専門用語も多い。体調がいまひとつ万全でなかったこともあって、ハンナは理解しようとする努力を放棄せざるをえなかった。外国語というのは、集中力を切らしたとたん、意味をなさない単なる音の連なりと化す。

それこそ赤ん坊になったような気分で、ハンナは憮然《ぶぜん》として座っていた。当事者なのに。というか、親なのに。

医師に悪気はなかったのだろう。ハンナをないがしろにするつもりはなくて、より合理的かつ効率的に、職務をまっとうしようとしただけなのだ。英語が拙いせいで言い間違いや聞き間違いが起きても困る。それでもやはり、自分の体内で起きていることの話に自分だけが参加できないというのは、どうしても釈然としなかった。

島に戻ったハンナがその顚末《てんまつ》を義姉にこぼしたのは、ともに憤慨してくれると思ったからだ。以前、村の寄りあいで、義姉が知りあいに話しかけられているのを偶然聞いてしまったことがある。外人のお嫁さんなんて大変でしょ、考えかたも習慣も違うものね、と同情するような口ぶりだった。そんなことないわ、と義姉は即座に否定した。ハンナちゃんは日本語も上手だし、日本のこともよく勉強しててすごく詳しいの。この島から出たことのない日本人よりもよっぽど日本通かもよ。愉快そうに言ってのけ、不敵に笑った。

ところが今回は、義姉はあのときみたいに笑わず、真剣な顔で言った。

「よかったね、ふたりで行って。万が一のことがあったらいけないものね」

以来、「万が一」は義姉の口癖になっている。なにかにつけて、妊婦の心得を説いてくるようにもなった。体を冷やしてはいけない。重いものを持ってはいけない。適度な運動をしなければいけない、ただし激しすぎてもいけない。これを食べてはいけない、あれは食べないといけない。安定期に入るまで周りには黙っておくべきだと主張したのも義姉だ。

義姉は鷹揚《おうよう》で細かいことにこだわらない性分だと思っていたし、現にそれまでは干渉してくることなどなかったので、ハンナは当惑した。体を気遣ってくれているのはよくわかる。ただ、いささか度を越している感も否めない。ハンナの母国では、妊娠しても臨月ぎりぎりまで働くのが普通だ。姉も嫂《あによめ》もそうだったし、職場にも妊婦は何人もいた。

義姉にそう話してみたところ、にべもなく言われた。

「だけど、ここは日本よ」

元気なときなら、ハンナももっと反発したかもしれない。が、激しいつわりに襲われながら、万が一万が一と呪文のように繰り返されているうちに、だんだん心細くなってきた。

日本語を聞くのも話すのも億劫《おっくう》なこの状態では、なにかあったときに自力で対処できそうにない。そうでなくても、義姉にはおかずを分けてもらったり買い出しを頼んだり、なにかと世話になっている。自分のことさえままならないのに、この先子どもを育てていけるのかと考えると、なんだか気が遠くなってくる。義姉の心配ももっともだ。

　そしてまた、今度は赤の他人にまで迷惑をかけてしまった。

　ハンナも門の前まで出て、店主を見送った。別れる前にもう一度、丁重に礼を言う。

「このたびは大変お世話になりました。おかげさまで助かりました」

　調子に乗って出歩かなければよかった。ようやく吐き気がおさまり、体力も食欲も戻ってきて、これからはもう少しがんばろうと気合を入れ直したところだったのに。

「日本語、お上手ですよねえ」

　店主が感心したように言う。

「いえ、それほどでも」

　ほめられた場合はこう返答すべし、というのもコルホネン先生の教えである。感謝するよりへりくだるほうが、ネイティヴの会話らしくなる。学生時代にはぴんとこなかったが、日本に来てからはハンナも身をもって実感している。

　それに文字どおり、「それほどでもない」のだ。少なくとも、自分で自分の面倒を見られるレベルではない。もうじき、わが子の面倒を見なければならない立場になるというのに、情けない。

道の向こうに、彼の店を守るように枝を広げているガジュマルの木が見える。

夫が幼い頃から同じ場所にあるそうだ。ガジュマルの木は長生きで、樹齢二百年や三百年にもなるという。前を通るたびに、「こいつは百歳くらいかな」と夫は節くれだった幹をいとしげになでている。

夫が植物に興味を抱くようになったのは、豊かな自然に囲まれて育ったかららしい。いつだったか、僕の根っこはやっぱりこの島にあるんだな、としんみりと言っていた。

わたしの根っこはどうなるんだろう、とハンナはふと思う。いずれはこの島の地中深くまで伸びるのだろうか。それとも、ひょっとして、まだ祖国の土に埋まったまま干からびかけているのだろうか。

ひとつ気になっていたことを思い出して、ハンナは店主に話しかけた。

「あの、さっき縁側でハミングしていた曲って……」

「ハミング？」

彼はきょとんとして繰り返し、ああ、と破顔した。

「いい曲ですねえ、あれ。もしかして、お国の歌ですか？」

なぜ知っているのかとハンナはたずねたかったのだが、先に彼のほうから質問してきた。戸惑いつつも、ハンナは答えた。

「はい」

「やっぱり。日本っぽくないなと思ったんです、あのメロディーは。民謡みたいなものですか？　それとも、もっと新しい曲ですか？　どういう内容の歌なんですか？」

店主は矢継ぎ早に問いかけてくる。先刻まではおっとりした口調だったのに、倍くらいの早口だ。

「伝統的な、夏至のお祝いの歌です。あれに合わせて、みんなで歌ったり踊ったりします」

「確かに、自然に体が動いちゃう感じですよね。リズムもよくて。そうか、夏至の歌ですか」

さも満足そうに、うんうんとうなずいている。

「よかったです、ちょうど今日聴けて」

「聴けて？」

最後の動詞が、ハンナの耳にひっかかった。

省略された主語は、話し手である彼だと解釈するのが妥当だろう。でも、彼は聴くのではなく、自ら歌っていたのだ。歌えてよかった、と言うべきではないか。

「はい。僕は職業柄いろんな音楽を扱いますけど、あれは本当にいいなと思いました」

店主は目を輝かせて言う。

「ありがとうございます」

疑問は解消されないまま、ハンナはとっさに応えていた。万能の決まり文句のはずの「いえ、それほどでも」が、なぜだか出てこなかった。

店主と別れて家の中に引き返した後で、ハンナもあの歌を口ずさんでみた。メロディーも歌詞も完璧に覚えている。母国語を口にするのはずいぶんひさしぶりだ。彼の言っていたとおり、体が自然に動いて、踊り出したくなってきた。

さすがに踊るのは思いとどまった。かわりに、体をゆるく揺らしてリズムをとる。二度、三度と繰り返すうちに興が乗って、他の曲も片っ端から歌っていった。小腹がへってきたのでたこ焼きをつまみ、満腹になったら、心地よい眠気が襲ってきた。

広場の入口に立っていた夫は、ハンナをひとめ見て目を細めた。

「顔色がいいね」

常日頃から目を凝らして小さな草花を観察しているからだろうか、夫はぼんやりしているように見えて、ときどき妙に鋭い。

「そう？　昼寝したからかな」

夫から電話がかかってくるまで、うたた寝していた。今回は夢も見なかった。深く眠れたのか、体がすっきりと軽い。昼寝の前に起きた出来事も報告しようか少し迷い、とりあえずやめておく。家に帰ってからゆっくり話そう。夫に質問したいこともある。

あのオルゴール店主に、なぜハンナの故郷に伝わる曲を知っているのかとたずねたところ、「実は僕、耳がいいんですよ」といたずらっぽく言われたのだった。「そばにいるひとの、心の中に流れている音楽が聞こえるんです」――あれはどういう意味だろう。なにかの比喩なのか、はたまた慣用句やことわざだろうか。

火の周りには人だかりができていた。

ハンナは夫と並んで、点火の儀式を見物した。秋祭のときと同じく、純白のキモノに身を包んだババサマが火をともす役だった。ぴんと背筋を伸ばしてたいまつをかかげ、高々と積みあげられた薪の山にしずしずと歩み寄っていく様は、いつかコルホネン先生の授業で習った、古代の女王ヒミコを連想させる。

たいまつから薪へ、火が移る。見守っていた観衆がどよめく。突然の歓声に驚いたのか、薄闇をなめるように揺らめく炎におびえたのか、どこかで子どもが泣き出した。

つかのま騒然とした広場は、ババサマが歌いはじめるやいなや、再びしんとした。みごとな歌声にハンナも聴きほれる。歌詞の意味はさっぱりわからない。島に伝わる古語だそうで、夫ですらほとんどわからないという。でも、言葉が通じなくても、厳かなメロディーは体に沁《し》み入ってくる。

歌が終わると人垣がくずれ、祭らしいにぎわいが戻ってきた。

「あれ。また電話」

夫がごそごそとポケットを探った。携帯電話をひっぱり出して、「げ、所長だ」とうめく。

「ごめん、静かなところでかけ直してくる。すぐ戻るから、ここで待ってて」

夫が去っていくのと入れ違いに、義姉がやってきた。ひょいと背伸びして、手に持っていた白い花のかんむりをハンナの頭にのせてくれる。

「ああ、よく似合う。お姫様みたいよ」

「そうですか？」

照れ笑いしていたら、義姉にまじまじと見つめられた。

「ハンナちゃんが笑うとこ、最近見てなかったよねえ」

唐突に言われて、答えに詰まる。

「さっき、ババ様の歌のときにも思ったのよ。わたし、あっちのほうにいたんだけど、ハンナちゃんがよく見えた。目がね、きらきらしてた」

義姉が篝火のほうを見やった。燃えさかる炎に照らされた横顔が、オレンジ色に染まっている。

「あなた、この島に来て以来ずっとそうだったわね。いつも元気で、物おじしないで……ねえ、わたしたちがはじめて会ったときのこと覚えてる？」

「はい」

忘れようにも忘れられない。

「内心あせったのよ、まずいとこ見られたなって。ヤギをどなりつけてる小姑《こじゅうと》なんて、普通ひくでしょ？　なのにハンナちゃん、にこにこ笑ってて。たくましいなあって感心した」

あのときは、憎々しげにヤギを罵倒していた義姉が、突如すました顔になって一オクターヴ高い声で挨拶してみせたので、変貌ぶりについ笑ってしまったのだった。

「まあでも、そのくらい腹が据わってなくちゃ、はるばるこんな東の果てまで来ないよね。その勇気、尊敬する」

義姉がハンナに向き直った。

「わたしは全然だめだった。だんなの地元にも、家族にも、何年経ってもなじめなかった。日本語を喋る、日本人どうしなのにね。一番きつかったのは妊娠中。体も気持ちもどんどん弱って、頭がおかしくなりそうだった」

一息に言い、ためらうような間をおいてつけ足す。

「わたしね、流産したの」

ふだんとは別人のような、かぼそい声だった。

「ごめんねえ、こんな縁起でもない話。ハンナちゃんは大丈夫。わたしなんかよりずっと強いしね。だけど、つい、いろいろ気になっちゃって。うるさくてごめんね」

義姉は途方に暮れたような顔つきで、ハンナの手をとった。

「いいえ」

ハンナは懸命に首を振った。

「神経質すぎるって自分でもわかってるんだけど、とまらないのよ。うっとうしかったでしょう」

「いいえ」

もっと気の利いた返事をしたいのに、うまく日本語が出てこない。しかたなく、言葉を重ねるかわりに、握った手にそっと力をこめる。

「どうしたの、ふたりとも？」

後ろからのんきな声がした。

ハンナと義姉は手に手をとりあったまま、振り向いた。夫がふたりを見比べて、のんびりと首をかしげていた。

「踊るの？」

見れば、篝火のそばに人々がまた集まり出している。おとなも子どもも、隣の者どうしが手をつないで輪を作り、ぐるりと火を囲んで、太鼓と笛の音に合わせて楽しそうに踊っている。激しく飛んだり跳ねたりするわけではなく、ごく穏やかな動きだから、妊婦でも問題はなさそうだ。

ハンナは義姉の手をひっぱった。

「踊りましょう」

三人で、村人たちの輪に加わった。義姉と夫の間に挟まれて、ハンナも見よう見まねで手足を動かす。

「来年の夏至には、もうひとり増えてるのね」

義姉がハンナを見上げてささやいた。

「はい。連れてきましょう」

まだ一緒には踊れないけれど、音楽は楽しめるだろう。母親に抱かれ、父や伯母《おば》の踊る姿を見るだけでも、おもしろいかもしれない。

幼い頃、夏至の祭は長丁場だった。はしゃぎ疲れた子どもは芝生に寝そべって、半分うとうとしながら親たちのダンスを眺めた。しばらく休むと、また体がうずうずしてきて、起きて踊った。

「わたしの国でも、夏至の日には踊ります」

ハンナは言った。義姉が微笑んだ。

「同じなのね」

「同じです」

生まれてくる子どもに、故郷の歌を教えようとハンナは思う。夏を尊ぶ、希望と生命力にあふれた祝祭の曲を、歌って聞かせよう。

それとも、もしかしたら、わざわざ教える必要もないのだろうか。あの店主は、ハンナの心の中に音楽が流れていると言っていた。そうだとしたら、同じ体内にいるこの子にも、きっと聞こえているはずだ。

それから、今まさに広場中に響いている、この島の歌も。

踊りの輪は少しずつ広がっている。濃くなってきた闇に炎があかあかと映え、ぱちりぱちりと火の粉がはぜる音に、老若の歌声が重なる。ハンナものびやかなメロディーをハミングする。

相変わらず歌詞はわからないけれど、なにも支障はない。右手を夫と、左手を義姉とつないで、一心にステップを踏む。

ほしぞら

天才ギタリストとして名高いジミ・ヘンドリックスは、ステージ上でギターを燃やしたり歯で弾いたりといった奇抜なパフォーマンスで注目を集める一方、傑出した技術と表現力で多くのミュージシャンに絶大な影響を与えたが、メジャーデビューのたった四年後、薬物依存の末に謎の死をとげた。二十七歳だった。

グランジ・ロックの世界的な大流行に火をつけたニルヴァーナの、リードボーカルとして活躍したカート・コバーンは、デビュー直後から大成功をおさめながらも業界の商業主義に抗《あらが》い、また自身の求める音楽性と世間に求められるそれとの乖離《かいり》にも苦しみ続けたあげく、銃で頭を撃ち抜いた。二十七歳だった。

二十世紀最高の女性歌手とたたえられるジャニス・ジョプリンは、独特のハスキーな歌声で一世を風靡《ふうび》し、その自由な生きざまも女性たちから熱く支持されるも、華やかな表向きの姿とはうらはらに実は繊細な人柄で、孤独やプレッシャーをやり過ごそうと酒と薬に頼り、ついにはヘロイン中毒で命を落とした。二十七歳だった。

かの有名なザ・ローリング・ストーンズの初期メンバーであるブライアン・ジョーンズは、担当のギターをはじめ二十種類以上の楽器を自在に奏で、バンドのサウンド面をおおいに充実させたものの、やがてドラッグにのめりこみメンバーとの仲もこじれ、解雇された直後に自宅のプールで溺死した。二十七歳だった。

八重山《やえやま》エイトは無名の新人にもかかわらず、デビュー曲が人気ドラマの主題歌に抜擢されて一躍売れっ子になり、新しい元号にちなんで「平成最初のロックスター」などともてはやされる反面、過激な物言いや不遜な態度ゆえに敵も多く、麻薬所持のかどで逮捕されるとここぞとばかりにたたかれ、それきり表舞台から姿を消した——死んだわけではないけれども、少なくともミュージシャンとしては、死んだも同然だ。二十七歳だった。

夕暮れどきに幸宏《ゆきひろ》は島に着いた。

昼前に東京を発《た》ち、飛行機と高速船を乗り継いで、六時間近くにおよぶ長旅だった。船着場まで迎えに来てくれた宿の車は、水平線に沈もうとしている夕日を右手に従え、海沿いの道を猛然と飛ばした。北部に位置する港から南端の民宿まで、島を半周する道中で一度も停まらず、対向車とも通行人ともすれ違わなかった。

運転手は白髪の老人で、幸宏の父親と同年輩に見えたが、宿で出迎えてくれたのは若い女だった。こちらは幸宏の娘と同じくらいの年頃だろうか、きれいな子だ。二階の客室に案内してもらう。ほの暗い廊下や、わずかにきしむ階段が、数年前に処分した田舎の生家を思い起こさせる。妻子との旅行ではホテルや旅館に泊まるので、素朴な調度がかえってもの珍しい。十畳ほどの和室からは、夕焼けに染まった海が一望できた。

こぢんまりした浴場で汗を流して部屋に戻ると、外はすでに暗かった。波の音がいやにくっきりと聞こえると思ったら、窓が半分開け放たれて網戸が立ててある。今時分、東京なら凍えてしまいそうだけれど、吹きこんでくる風はほどよく涼しく、湯上がりの体に心地いい。遠くまで来たな、と今さら実感がわいてきた。

六時きっかりに、一階の食堂に下りた。中央のテーブルにひとり分の食事が並んでいる。山盛りの刺身、焼き魚に唐揚げ、小ぶりの鍋まで用意されている。こんなに食べきれるだろうか。五十代になって急に胃が縮んだ気がするのに、腹はたるむ一方なのが解せない。

先ほどの女性従業員が厨房から出てきて、鍋のコンロに火をつけてくれた。ビールを頼み、手酌《てじゃく》で注ぐ。びっくりするくらい冷えている。コップ一杯をぐっと干して、息をついた。風呂上がりの空きっ腹にアルコールがしみる。もともと酒は強くない。もし妻が一緒なら、もっとゆっくり飲んだら、とたしなめられるところだろう。

だが妻は東京にいる。今頃、子どもたちと夕食をとっているだろうか。ひとりかもしれない。平日は皆、忙しい。娘は大学の授業とサークル、息子は高校に塾、妻も昼間はパート勤めがある。

こんな中途半端な時期の、それも突然思いたった小旅行に、家族を誘うつもりはなかった。ひとりで行ってくると幸宏が告げたとき、妻は見るからにほっとしていた。なぜ、聞いたこともないような辺境の小島――と妻は思ったに違いない、「そこは日本なの？」と首をかしげていた――を行き先に選んだのかについては、特になにも質問してこなかった。せっかくの機会だし、あったかいところでのんびり息抜きしたらいいわ、とだけ言った。

妻はいつもそうだ。夫が悩みや気がかりを抱えていると察しても、むやみに詮索しない。幸宏の亡父が借金を遺していたことが発覚したときも、母に認知症の兆候が表れたときも、がん検診で再検査にひっかかったときも、なぜだか女性部下から一方的な好意を寄せられてしまっていたときも。どのように対処すべきか、幸宏自身にもまだ方針が定まらないうちに、結論を急《せ》かしてもむだだと心得ているのだ。ただでさえ困っている夫をいよいよ困らせ、あるいはいらだたせるだけで、意味がない。だから、幸宏が口を開くまで辛抱強く待っている。

そう、妻は待っている。この際、旅の目的地はあまり問題ではないのだろう。知りたいのはもっと別のことだ。どこでもいい、ともかく旅先で夫が頭を整理し、話をする準備をととのえて戻ってくるのを待っている。

しかし、頭を整理するには、いささか酔いが回りすぎている。

さしあたり、明日とあさってのことを考えよう。はるばる日本の端っこまでやってきたのだ。

本当に考えねばならないのは、明日やあさってよりも先、未来のことだとわかっていても。

「あの」

遠慮がちに声をかけられて、幸宏は箸を取り落としそうになった。

「こちら、よかったら召し上がりませんか。十分火は通っていると思います」

いつのまにかコンロの火が消えていた。「すみません」と反射的に謝って、鍋のふたを開ける。野菜と肉がくたくたに煮えている。

箸を握り直し、料理の皿がほぼ空になっていることに気づいた。酔いも手伝って、上の空でたいらげてしまっていたようだ。

「灰皿をお持ちしましょうか？」

彼女が言った。

一瞬虚をつかれたものの、その視線をたどって幸宏も腑《ふ》に落ちた。彼女の目は幸宏の手もとに向けられていた。

「いや、けっこうです」

幸宏はたばこを喫《す》わない。より正確にいえば、今はもう喫わない。娘が生まれたのを機に禁煙した。ということは、二十年も前の話になる。

もちろん、彼女がそんな事情を知るはずもない。食事をあらかた終えた客がマッチをもてあそんでいたら、たばこを喫いたいのかと勘違いしても無理はない。

古ぼけたマッチに、幸宏もあらためて目を落とす。色あせた赤い地に白字で「スナック南十字星」と書かれている。端に小さく電話番号も記してあるが、ところどころ印刷がはげ落ちてしまっていて読めない。昔は酒場や喫茶店によく置かれていた、この手のマッチを、昨今はとんと見かけなくなった。しっかりした箱型のものもあれば、こういう、折り曲げた厚紙の間にマッチが挟みこまれた薄っぺらい代物もあった。

「すいません、この店ってご存じですか？」

ためしに聞いてみる。インターネットで検索してみたら、公式サイトのようなものはなく、住所も電話番号もわからなかった。ただ、ここで飲んだという旅行者のＳＮＳ投稿が数件あった。最も古くて十年前、最新では二年前の日付がついていた。

「南十字星、ですか。少々お待ち下さい」

彼女は島内の観光地図を持ってきてくれた。表は島全体をおさめた広域図で、裏には集落の一帯のみが拡大され、店舗や公共施設が細かく書きこまれている。スナックは二軒、「珊瑚礁《さんごしょう》」と「やしのみ」が、いずれも中心部に店をかまえていた。居酒屋やレストランもそのあたりに集まっている。

が、スナック南十字星はどこにも見あたらない。念のために表面も見てみたけれど、やはりない。

「島のお店は、これに全部載っているはずなんですけどね」

もしかして、つぶれてしまったのだろうか。ネットで調べる前は、幸宏もそれを危惧していた。なにしろ、このマッチは二十五年も前のものだ。首尾よく投稿記事を見つけたときには、やった、とつい声を上げてしまった。

「おととしの時点では営業していたみたいなんですけど」

未練がましく訴えると、彼女は小首をかしげた。

「すみません、わたしも昔のことはなんとも……ちょっと聞いてきますね」

言い置いて、食堂を出ていく。

鍋をつつきながら待っているうちに、幸宏の頭も冷えてきた。スナック南十字星が現在営業していないのは、もはや間違いなさそうだ。だいたい、もしも営業していたとして、いったいどうする？　二十五年前、お宅に通っていた客の行方を知らないかとたずねてみる？

いや、まさか。推理小説の刑事や探偵でもあるまいし。ゆるく頭を振ったところへ、彼女が小走りで戻ってきた。

「お待たせしました」

民宿の主は、スナック南十字星をちゃんと知っていたという。

「オーナーが亡くなって、閉店したそうです。かなりご高齢だったみたいで」

そうだ、年配だということは聞いていた。おもしろい店なんだぜ、と栄人《えいと》は言った。オバケみたいなババアが、ひとりでやってんの。

「残念でしたね。せっかく遠くからいらしたのに」

彼女が気の毒そうに言う。しつこくこだわりすぎたか、と幸宏は遅ればせながら気恥ずかしくなってきた。

「すみません、お手数おかけして」

マッチを手に、腰を上げた。のたのたと階段を上る。唯一の手がかりが失われ、がっかりすると同時に気が抜けた。今晩はひさびさによく眠れるかもしれない。

スナック南十字星は、どんな店だったのだろう。栄人のことはさておき、もう絶対に行けないとなると、妙に気になってくる。「オバケみたいなババア」にも会ってみたかった。とはいえ、死んでしまったものはどうしようもない。

踊り場で、ふと足がとまった。マッチを強く握りしめる。

「あいつは生きてるよな？」

頭の中で考えたつもりが、声も出ていた。答えのない問いが、廊下の先の暗がりにむなしく吸いこまれていく。

スナック南十字星の跡は、きれいに更地になっていた。

ぼうぼうと雑草の生い茂った空き地の前で、幸宏はなんとなく合掌した。狭い路地に人影はない。隣に建つ民家から、かすかにテレビの音がもれてくる。

栄人はもうこの島にはいないのかもしれない。

空っぽの四角い土地を目のあたりにして、自然にそう思えてきた。ゆうべのような胸騒ぎもしない。栄人はきっとどこかで生きている。短い間ながら、あれだけ有名だったのだから、死んだら少しは話題になるはずだ。芸能人の訃報は、たとえ引退して久しくても、よくニュースになっている。

小脇に挟んでいた地図を持ち直す。ゆうべ見たのと同じ、両面刷りの島内地図である。民宿を出るときに一枚もらい、スナック南十字星があった場所も教わった。詳細な地図だと思ったが、実際に歩いてみると、これでもだいぶ簡略化されている。迷路のように入り組んだ細い路地を、とても全部は描ききれないのだろう。

表通りまで引き返して定食屋に入り、郷土料理だという汁そばを注文した。できあがりを待つ間に、ひまつぶしがてら、地図と一緒に渡された観光客向けのチラシに目を通す。土地柄だろう、ダイビングやシュノーケリングといったマリンスポーツの案内が多い。レンタサイクルや土産物屋の割引券もある。サイズもレイアウトもまちまちな、色とりどりの紙の束は、どことなくなつかしい感じがする。そういえば、民宿で手渡されたときにも、既視感を覚えたのだった。

なにかに似ている。なんだろうと思案しつつ、次の一枚をなにげなくめくって、幸宏は手をとめた。

音楽、の二文字が目に飛びこんできたのだ。おかげで、この統一感に欠けるチラシの束がなにを連想させるのか、わかった。

ライブハウスで配られる、フライヤーだ。

学生時代、幸宏がよく足を運んでいたライブハウスは、薄汚れた雑居ビルの地下にあった。暗くて狭くて急な階段を下りた先の受付に、ごついアクセサリーをじゃらじゃらつけた無愛想な係員が座っていて、チケットとひきかえにドリンク券とフライヤーの束をよこした。一晩のライブで何組かのバンドが演奏し、その数が多いほどフライヤーの量も増えた。ライバルの間で埋もれてしまわないための工夫だろう、デザインは総じて派手だった。ただの紙きれのくせに、うるさいというか主張が強いというか、大声でわめき散らしているかのような——つまり、ステージ上で熱演する当人たちと同じなのだった。

ばかに重たい防音仕様のドアを押し開けて、フロアに入る。大勢の観客がひしめいている日もあれば、心配になるくらいがらがらの日もあった。混んでいようが空いていようが、幸宏は後方の壁にもたれてたばこをふかしつつ、手持ちぶさたに栄人の登場を待った。

あの頃、彼はまだ八重山エイトではなかった。ＭＣの挨拶でも、フライヤーのプロフィール欄でも、佐野《さの》栄人、と本名を名乗っていた。

栄人とはアルバイト先で知りあった。幸宏の通う私大のそばにある安い居酒屋は、味より量を重視する学生で繁盛していた。アルバイトの大半も大学生で、当時の流行語にもなったフリーターであるところの栄人は、異彩を放っていた。

しかも栄人は問題児だった。リハーサルだのオーディションだの、急な予定が入るたびに無断で休み、店長としょっちゅうもめていた。おまけに、音楽にまつわる用事を優先するのは当然とばかりに堂々としている。さっさとクビにしてしまえばいいものを、店長には人の好《よ》いところがあって、ぶつくさ言いながらも大目に見てやっていた。

栄人ではなく店長のために、幸宏はたびたびシフトの穴を埋めていた。どうせ時間も余っていた。上京してまもない幸宏には、親しい友達も恋人もおらず、これといった趣味もなかった。都会での学生生活は、受験勉強の合間に夢想していたようなすばらしいものではなかった。好景気に沸く世間の熱気は大学にも流れこみ、同級生は浮かれ騒いでいたけれど、幸宏にはどうもなじみづらく、かといって孤立する勇気もなくて、適当に調子を合わせていた。田舎者だから気後れするのかとやるせなかったが、今にして思えば性格の問題だったのかもしれない。

「サンキュー、助かった。この礼は必ずするからな」

栄人は毎回、調子よく言った。特段あてにせず聞き流していたら、あるときチケットを一枚渡された。

「これ、やる。聴きにこいよ」

謝礼のわりに一方的な口ぶりはひっかかったものの、とりあえず受けとった。相変わらずひまだったし、断る理由をひねり出すのも面倒だった。

記念すべき、生まれてはじめての音楽ライブを、幸宏はちっとも楽しめなかった。

爆音で耳を、よどんだ空気でのどを痛め、三時間も立ちっぱなしで足が棒になった。なによりも、周りの聴衆に圧倒された。リズムに乗って体を激しく揺すり、飛び跳ね、叫び、やたらに盛りあがっている。彼らの狂乱ぶりに比べれば、騒々しくて苦手だと敬遠していた大学の連中など、おとなしいものだった。

「どうだった?」

栄人と次に顔を合わせたとき、開口一番にそうたずねられて、幸宏は言葉を濁した。

「悪いけど、おれ、音楽はよくわからなくて」

もう誘ってくれるな、と暗にほのめかしたつもりだった。

「わからない?」

栄人は眉《まゆ》を上げた。後から聞けば、かわいそうなやつだと憐れんでいたらしいが、怒らせてしまったかと幸宏は身構えた。ただでチケットをもらっておいて、さすがに態度が悪かったかもしれない。

「でも、佐野くんの声はよかった。すごくよく響いて」

言い直すと、栄人は満足げにうなずいた。

「だろ? ま、心配すんなよ。今はわからなくても、いい音楽を聴いてりゃ、そのうち自然にわかってくるからさ」

幸宏の肩を親しげにたたき、今後もライブをやるときには声をかけると約束した。栄人にとって「いい音楽」とは、すなわち自分自身の音楽にほかならないのだった。

そばを食べ終えた幸宏は、「音楽」のチラシの店に行ってみることにした。

むろん、ライブハウスではない。オルゴールの専門店だという。ガジュマルの店、というのがその名前で、地図によれば民宿へ戻る道の途中にあるようだ。行きしなにも前を通りかかったはずなのに、気づかなかった。

音楽の一語ばかりでなく、宣伝の文面にも興味をそそられた。「耳利きの職人が、お客様にぴったりの音楽をおすすめします」とある。客の好みに合わせて曲を選んでくれるということだろうか。

入口の手前に、店名の由来と思《おぼ》しき大樹がそびえていた。ドアを開けると、からん、と小さくベルが鳴った。

「いらっしゃいませ」

黒いエプロンをつけた店員に迎えられた。幸宏よりひと回り以上若い。会釈を返し、陳列棚の前に立つ。大小のオルゴールがずらりと並んでいる。よく見たら、透明な箱の側面にラベルが貼られ、タイトルと歌い手の名が書いてある。音楽に詳しいとはいえない幸宏でも知っているような、有名な曲が多い。

もしかしたら、とひらめいた。一段ずつ、端から見ていく。ジャンル別に分類されているわけでも、あいうえお順に並べてあるわけでもないので、ひとつひとつラベルを読むしかない。老眼泣かせの細かい文字をちまちまと目で追っていたら、肩が凝ってきた。

八重山エイトの曲は、なかなか見つからない。

古すぎるから、というわけではないだろう。もっと昔の曲も、いくつも置いてある。となると、あんなかたちで業界を去ったせいなのだろうか。

「ご希望の音楽でお作りすることもできますよ」

声をかけられ、幸宏は振り向いた。レジ台の奥で、店員がにこやかに微笑《ほほえ》んでいた。

チラシにも、オーダーメイドができると書いてあった。それも一手だが、まずは本当に八重山エイトの曲はないのか、彼に聞いてみるべきだろう。棚をくまなく確認しきれたわけではないし、店頭には出ていない在庫があるかもしれない。

幸宏がレジ台のほうへ足を踏み出しかけたとき、入口のドアがばたんと開いた。

「店長さん、こんちは！」

子どもがひとり、元気いっぱいに駆けこんでくる。背格好からして、小学校の四、五年生くらいだろうか。小柄な体に不釣りあいな、ばかでかいギターケースを背中にかついでいる。

「こんにちは。今日も練習？」

店員もとい店長が応えた。知りあいらしい。

「うん。だからダッシュで家に帰ってさ、なのにじいちゃんが……」

早口でまくしたてようとする少年を、待って、と店長がやんわりとさえぎった。唇の前に指を立て、幸宏のほうを目で示す。

「今、お客さんがいらしてるから」

「うわっ、まじ？」

少年が目をまるくした。幸宏はすぐそばに立っているのに、喋るのに夢中で気づかなかったようだ。男の子というのはどうも視界が狭い。幸宏の息子も幼い頃はこんなふうだった。

「珍しいねえ」

じろじろと見られると落ち着かない。幸宏はふたりに背を向け、棚の捜索を再開した。店長に質問するのは、この子が帰ってからのほうがよさそうだ。

「時間は大丈夫？」

「うん。ちょっと遅めに来いって、さっき師匠が」

声をおさえた会話を、背中で聞くともなく聞く。ギターの先生を「師匠」と呼んでいるのだろうか。なんだか古風だ。ギターというより三味線っぽい。

「あ、そうそう」

なにか思い出したのか、店長がぼそぼそと言った。続きは幸宏には聞きとれなかったけれど、少年は頓狂《とんきょう》な声を上げた。

「ええっ？　まじで？　やべえ、師匠に教えないと！」

興奮ぎみに言い残し、いちもくさんに店から飛び出していく。


なにやら言い争う声が店の外から聞こえてきたのは、その五分ばかり後である。

レジ台の横に置かれたテーブルで向かいあっていた幸宏と店長は、そろって入口のほうを見やった。先ほど少年が勢いをつけて閉めた反動だろう、ドアが半開きになっている。

オルゴールのオーダーメイドについて、説明を受けはじめたところだった。案の定、八重山エイトの曲が入った既製品は置いていないと申し訳なさそうに言われてしまったのだ。店長は八重山エイトという名前すら知らず、「八人組のアイドルでしたっけ？」ととんちんかんなことを口走っていた。八重山エイトの全盛期に彼はさっきの子と同じくらいの年頃だったはずで、覚えていなくても無理はないのだが、現実を突きつけられた気がした。

「ねえ、早く」

と急かしているのは、子どもの声だ。あの少年だろう。

「やめとこうぜ」

面倒くさそうに返事をしたのはおとなだった。声が低くしゃがれている。

「きっと仲よくなれるって。だって、おんなじ曲が心の中に流れてるんだよ。こんな偶然めったにないよ」

「あいつの言うことを鵜呑《うの》みにしすぎなんだよ、お前は。なんだよ、心の中の音楽って。うさんくさすぎるだろ」

「そんなことないよ。ほんとに聞こえるんだってば。師匠だって、こないだ聴いてもらったじゃん。なんでわかるんだって、びっくりしてたくせに」

「あのときはな。よく考えたら、別に驚くことじゃない。あいつ、おれのこと知ってたんだ」

「そりゃ知ってるよ。同じ村に住んでるんだから」

「そういう意味じゃねえよ」

「は？　じゃあ、どういう意味？」

「ガキには関係ない。とにかく、あいつは信用できねえ」

押し問答を聞きながら、幸宏は立ちあがっていた。話の内容はちんぷんかんぷんだったが、それどころではなかった。

この声を、幸宏はよく知っている。ぶっきらぼうな口ぶりも、荒っぽい言葉遣いも。

「あ、よかった。まだいた」

ドアを押し開けた少年が、幸宏を見て顔をほころばせた。体をひねり、後ろの連れに向かって「師匠、早く」と手招きする。さも気が乗らなそうな、緩慢な足どりで、男がのろのろと入ってきた。

そして、目を見開いた。口もあんぐりと開いている。

「幸宏か？」

幸宏のほうも、似たような表情をしているに違いない。

ガジュマルの店を出て、狭い裏通りを抜け、古めかしい平屋の前で栄人は立ちどまった。

「ここだ」

ゲストハウス、と書かれた小さな看板がなければ、普通の人家に見える。庭木の枝が屋根に覆いかぶさるように茂り、壁一面に蔦《つた》が這《は》っている。

栄人はここで管理人として暮らしているという。

「ちょうどよかった。今日は客がいないから、ゆっくりできる」

うちに来いよ、と言い出したのは栄人だった。積もる話もあるし、こんなところで立ち話もなんだから。おい颯太《そうた》、悪いけどギターはまた今度にしてくれるか。

教え子は快諾してくれた。栄人は幸宏の背を押すようにして、そそくさと店を出た。目を輝かせて幸宏たちを見比べている少年と、「こんな偶然があるんですねえ」としきりに感心する店長の前で、込み入った話はしたくなかったのだろう。幸宏も異論はなかった。この島で栄人の過去がどこまで公になっているのかも定かではない。

「幸宏はどこに泊まってんの？」

「南ノ浜の民宿」

「ゲンさんとこか。かわいい若い子がいるだろ？」

「ああ」

「でもあの子、さっきのオルゴール屋のコレなんだぜ」

栄人は小指を立ててみせた。

「あいつがこっちに移住してくるっていうんで、追っかけてきたらしい。きれいな顔して男の趣味が悪いよな」

ゲストハウスといえば若者向けの安宿という印象が幸宏には強く、年季の入った外観にも若干ひるんだが、屋内は明るく清潔だった。栄人は廊下をずんずん進み、つきあたりのドアを開けた。

「ここが一番いい部屋なんだ、風通しがよくて。だから管理人室にした」

六畳ほどの和室だった。ここも、こざっぱりと片づいている。栄人が隅の冷蔵庫を開けて缶ビールを二本出し、真ん中に置かれた座卓の傍らにあぐらをかいた。幸宏もならう。

「とりあえず、乾杯だ」

幸宏にビールを手渡して、栄人はにやりとした。

「なんか、昔みたいだな」

幸宏の暮らす四畳半の下宿に、よく栄人はふらりとやってきた。ふたりでゲームをやったり、だらだらとテレビを見たりするときもあったけれど、たいがい同じ部屋で別のことをしていた。

幸宏が課題のレポートを書いている脇で、栄人は新曲の詞を考え、昼寝する栄人の枕もとで、幸宏は漫画本を読んでいた。作詞にせよ昼寝にせよ、わざわざ幸宏のところに来る必要はないのに、「なんか落ち着くんだよな」と栄人は言っていた。一緒にいてもあまり疲れないというのは、幸宏のほうも同じだった。めいめい勝手なことをしていようが、会話がとだえようが、気にならない。和を乱すまいと意識することも、沈黙におびえることもない。大学の友人相手だとこうはいかない。

もっとも、栄人と親しくなるにつれて、彼らとは疎遠になっていた。音楽に専念するため、両親の反対を押し切って高校を中退し、大げんかのあげくに勘当されたという栄人は、バンド仲間や恋人の家を転々としていた。貧乏ながらたくましく自活しているその姿を見るにつけ、親の金でふわふわと遊び呆《ほう》ける同級生たちはいかにも子どもっぽく感じられた。

「それでお前、なんでこんなとこにいるんだよ？」

ぐびり、とうまそうにのどを鳴らしてビールをひとくち飲んでから、栄人は言った。

「旅行だよ」

「それはわかってるよ。まさか、クスリでとっ捕まって逃げてきたわけじゃないだろ」

栄人がふふんと笑い、幸宏は答えに詰まる。とっ捕まったわけではないものの、ある意味では逃げてきたともいえるかもしれない。

飲みさしの缶を座卓に置き、ポケットを探ってマッチを出した。

「最近たまたま、これを見つけたんだよ。それで、栄人はどうしてるかなと思って」

「ああ。あのババア、自分も星になっちまって。百歳まで店に立つ、って自信満々だったくせによ」

栄人は頭を振り、それから、けげんそうに聞いた。

「このマッチ、なんで幸宏が持ってんだ？」

「最後に会ったとき、お前からもらった」

もらったというと語弊があるかもしれない。栄人が置き去りにしたのを、拾ったのだ。

「最後っていうと」

栄人が宙をにらむ。

「あのときか」


栄人が幸宏の勤め先をひょっこり訪ねてきたのは、八重山エイトの逮捕が週刊誌やワイドショーをにぎわせてから、およそ半年後のことだった。

お客様です、と内線電話をよこした受付嬢の声は硬かった。幸宏はあわててオフィスの一階まで下りた。スーツ姿のビジネスマンが忙《せわ》しげにゆきかうガラス張りのロビーで、ジャージの上下で野球帽を目深にかぶった栄人はおそろしく浮いていた。まるいレンズの黒縁めがねは変装のつもりだろう。みごとに似合っていない。

でも、たとえ珍妙なめがねをかけていなかったとしても、その正体は誰も見抜けなかったに違いない。テレビに登場する八重山エイトは、肩まで伸ばした金髪と、女のような濃いアイメイクがトレードマークだった。衣裳も凝っていた。化粧どころか、目の下にどす黒い隈《くま》を浮かせた小汚い身なりの男に、かつての華々しい面影はどこにもなかった。

痛々しく変わり果てた友達の姿に、幸宏は胸をつかれた。一方で、周囲の視線も気にかかった。栄人をロビーの隅までひっぱっていって、小声でたずねた。

「どうしたんだよ、いきなり？」

栄人のデビューとほぼ同時期に幸宏は就職し、以来、会う機会は数えるほどしかなかった。たちまち有名人になった栄人は言わずもがな、幸宏のほうも慣れない仕事で手いっぱいだった。携帯電話やＳＮＳで手軽に連絡をとりあえる時代でもない。時折テレビの歌番組で見かけては、元気でやっているんだな、と思うくらいだった。事件が報じられたときにはさすがに仰天し、気もんだが、どうすることもできなかった。

「遊びに来たんだよ」

栄人は平然と答えた。

「すげえな、ぴっかぴか。さすが大企業は違うね」

声だけは前と変わっていなかった。

「なあ、カラオケ行こうぜ」

「今から？」

幸宏はぎょっとして周りを見回した。幸い、聞きとがめられたふうはない。栄人が肩をすぼめた。

「人目があると、めんどくせえからな」

結局、ふたりで近くのカラオケ屋に行った。栄人は個室に入るなり、カラオケの機械には目もくれず、たばこに火をつけた。はなから歌う気はないらしい。

「幸宏、元気そうだな」

幸宏は返事に困った。

「そんな顔するなよ。おれも元気だ。この騒ぎで、逆にＣＤも売れてるらしいよ。興味本位で買うやつがいるんだな」

栄人は他人事《ひとごと》のように言った。通算九枚目となる最新シングルは、逮捕の直前に売り出されたものだった。

「おれも買ったよ」

「そうか。ありがとう」

おざなりな礼とともに、けだるげに煙を吐く。

「どうだった？」

こんなときだし、励ますような言葉をかけるべきかと迷ったものの、そういう配慮をありがたがる相手ではないと思い直して、幸宏は正直に答えた。

「おれはどっちかっていうと、その前のやつのほうが好きだったかな」

八枚目にあたるシングルのタイトルは「8《エイト》」だった。八重山エイトの8——語呂合わせかよ、とも思ったけれども、曲としてはこれまでで一番気に入っている。

「相変わらず、雑な感想だな」

栄人がふっと笑った。

出会ったばかりの頃に栄人が告げた予言は、あたらなかった。幸宏はいつまで経っても音楽が「わかる」ようにはならなかった。

ライブハウスに通ううち、独特の暗闇にも熱狂する観客にも腹に響く重低音にも、いつしか慣れた。リズムを心地よく感じられるようにもなった。でも、演奏されている音楽のよしあしは、依然としてぴんとこなかった。「けっこう好き」または「あんまり好きじゃない」とざっくり二分できる程度だ。八重山エイトのライブが一流のコンサートホールで大々的に行われるようになって以降も、同じことだった。

考えてみれば、だからこそ幸宏は栄人と仲よくなれたのかもしれない。栄人の周りは、音楽をわかっている連中だらけだった。彼らは、当の栄人も含め、自分の感性が世界で一番だと信じて疑わない。当然ながら衝突は絶えない。

そもそも栄人は、おせじにもつきあいやすい人間とはいえない。調子のいいときは底抜けに陽気だが、なにかの拍子で——往々にして、ほんのささいなきっかけで——気分を害したが最後、鬱々《うつうつ》とふさぎこんでろくに口も利かない。あるいは、癇癪《かんしゃく》を起こしてどなり散らす。曲のアイディアを思いつけば、誰となにをしている最中でも、「音楽が鳴ってる」と言い残してさっさと帰ってしまう。バンドのメンバーも恋人も、くるくる替わった。栄人の気まぐれにつきあっていたら身がもたないのだ。

バンドメンバーや恋人なら気を遣う必要もあるだろうけれど、そのどちらでもない幸宏には秘策があった。放っておけばいい。栄人を見ていると、実家の飼い猫を思い出した。遊んでやろうとしてもぷいとどこかへ行ってしまうこともあれば、体をすり寄せて執拗《しつよう》に甘えてくることもある。日頃はまずまず行儀がいいのに、どういう風の吹き回しか、柱で爪をといだり、ふとんの上に粗相をしたりする。腹は立つが、いちいち目くじらを立ててもしかたない。猫には猫の事情がある。

二本目のたばこに火をつけて、栄人はだしぬけに切り出した。

「おれ、南の島にいたんだよ。ほとぼりが冷めるまで隠れてろって」

日本の南端に位置する、離れ小島だという。マネージャーの祖父母の家に置いてもらっていたそうだ。

「要は、島流しだな。おかげでクスリも完全に抜けた。正真正銘のど田舎だから、クスリどころか、たばこ買うだけでも一苦労なんだぜ。共同売店、六時に閉まっちまうし」

たばこの箱と一緒にソファの上に放ってあったマッチを、あごでしゃくってみせる。

「この店もおかしいんだよ。オバケみたいなババアがひとりでやってんの。やってるっていっても、腰が痛いだの足が痛いだの言い訳して、本人はほとんど働かねえんだ。常連は自分で水割り作らされる」

先刻までに比べて、いくらか表情が和らいでいた。島流しなどとうそぶきつつも、それなりに楽しんでいたようだった。

「そうそう、あともうひとり、もっとすごいのもいる。村の祭とか仕切ってる、大ボスみたいなばあさんなんだけど」

なんでも、その島に祀《まつ》られている神様は、音楽を好むという言い伝えがあるらしい。そこで、彼女が折々に歌を捧げるのだという。

「その声がもう、すさまじいの。他人の歌で鳥肌立ったの、はじめてだよ」

栄人がほめるなんて珍しい。よほど感銘を受けたのだろう。それにしても、音楽を愛する神様に守られているなんて、栄人にぴったりの島だ。

「明日また向こうに戻るんだ。幸宏も遊びに来いよ」

「そうだな」

幸宏も乗り気になった。元気そうだと栄人には言われたが、幸宏は幸宏で苦労があった。入社当初は絶好調だった会社の業績は、ここ数年の不況で転げ落ちるように悪化した。度重なるリストラと、その結果による人手不足で、社内はぎすぎすしている。つかのま日常を離れ、豊かな自然の中でゆったりと骨を休めれば、いい気分転換になりそうだ。栄人もそうやって心身を回復したのだろう。

「来月、盆休みの前後なら行けるかもしれない。栄人はいつまでいるんだ？」

「ん？　そりゃ、ずっとだよ」

無造作な返事に、息をのんだ。

「ずっと？」

「そ。もう疲れた。八重山エイトは引退だ。これからは島でのんびり暮らす」

「お前、なに言ってんだよ？」

幸宏は唖然とした。

「おれは本気だよ。今日、事務所も辞めてきた」

「おい、落ち着けよ。ちょっとつまずいただけだろ。心機一転やり直せばいいよ。これだけ成功してるのに、もったいない」

「ばか言えよ。どこがもったいないんだよ。どいつもこいつも好き放題、あることないこと言いやがって。ついこないだまで、へこへこしてゴマすってたくせによ。もううんざりだ」

いまいましげに吐き捨てた栄人の気持ちは、幸宏にもまったく理解できないわけではなかった。きらびやかに見えても、スターにはスターなりの苦悩があるに違いない。栄人の場合、周りにかまわず気ままにやりたい性分だから、なおさら不自由を感じていただろう。麻薬に救いを求めたのも、そのあたりに原因があったのかもしれない。

そうはいっても、やっぱり納得がいかなかった。

「なあ、冷静に考えてみろって。ミュージシャンになりたい人間が、世の中にどれだけいると思う？　栄人は恵まれてるよ。才能があって、運もあって、好きなことを仕事にできてるんだからさ」

ミュージシャンに限った話ではない。とびぬけた才能も運も持ちあわせていない普通の人間は、どんなに疲れようが、うんざりしようが、日々の仕事を粛々とこなすほかない。幸宏のように。

とんとん拍子に売れっ子になった栄人には、わかっていないのだ。自分がすんなりと手に入れ、そして今ぞんざいに放り捨ててしまおうとしているものが、どれだけかけがえのない僥倖《ぎょうこう》なのかが。

「音楽が好きなんだろ？　だったら、こんなことで投げ出すなよ。くだらないこと言う奴らなんか放っとけって。大丈夫だよ。お前ならできる」

栄人の瞳が揺れた。想いが通じた手ごたえを感じて、幸宏は身を乗り出した。

「そりゃ、大変なこともあるだろうよ。でも、多少はがまんしてさ」

栄人がふいと目をそらし、短くなったたばこを乱暴にもみ消した。

「おれだって、こう見えてけっこうがまんしてきたんだぜ。だけどさすがに限界だ。もうやめる。いやなもんは、いやなんだ」

「なんだそれ」

幸宏はにわかに腹が立ってきた。疲れたから、いやだから、もうやめる？　そんなの、わがままな子どもの言い草じゃないか。

「お前の音楽にかける気持ちは、そんなもんだったのかよ？　がっかりだよ」

言い返した幸宏を、栄人がきっとにらみつけた。

膝の上で握りしめたこぶしがぴくぴくと痙攣《けいれん》している。殴りかかられるかと幸宏は覚悟したけれど、栄人はがばりと立ちあがった。

「お前になにがわかる」

座っていたソファを思いきり蹴りつけて、そのまま部屋を出ていった。


「あのときは悪かったな。つい、かっとなっちまって」

二本目のビールを幸宏に手渡して、栄人はしんみりと言う。自分は焼酎のロックに切り替えている。島の地酒だというので幸宏も心惹かれたものの、アルコール度数を聞いて断念した。一杯も飲みきれずにつぶれてしまうのが落ちだ。

「いや、おれのほうこそ。勝手な意見を押しつけようとして、ごめん」

栄人の決断は間違っていなかったのだろう。そうでなければ、こんなにすっきりした顔で思い出話はできないはずだ。窮屈な音楽業界で、自分を殺して富や名声を追いかけるより、この島でのびのびと暮らすほうが性に合っていたのかもしれない。不得手そうな近所づきあいも、存外うまくやっているようだ。あの子どもだって、ずいぶん栄人になついているふうだった。

「幸宏は、いつまでいるんだ？」

「明日帰る。昨日来て、二泊三日」

「ふうん、忙しいな。ま、長くいたって、やることもないけど。そうだ、星は見たか？」

「星？」

「なかなかのもんだぜ。今晩連れてってやるよ、穴場があるんだ。めしは宿で出るよな？　その後にでも、迎えに行く」

「ありがとう」

栄人が座卓の隅に転がっていたたばこの箱を手にとり、一本引き抜いた。

「喫うか？」

「いや、いい」

「やめたのかよ、つまんねえな。あ、なんか食うか？　スナック菓子かカップ麺くらいしかないけど」

「おれはいいよ。昼が遅かったし」

「そうか？　なら、おれは遠慮なく」

栄人はくわえたばこで棚からカップ焼きそばを出し、電気ポットで沸かした湯を注いだ。部屋中にソースのにおいが漂い、いよいよ学生の下宿じみてくる。さらには、しあげにマヨネーズをこれでもかというくらい回しかけている。なんでもかんでもマヨネーズまみれにしてしまう習慣は十代の頃から変わっていないらしい。幸宏は見ているだけで胸焼けしそうだ。

「若いな、お前。そんなの食ってて、どうして太らないんだ」

体つきのみならず、顔の輪郭もひきしまっている。幸宏のように腹が出てもいない。髪には白いものがまじっているが、量は変わらず豊かだし、四十代といっても十分通るだろう。

「なんだかんだで、体は動かしてるからな。あと、ストレスがないから？」

栄人はさらりと言う。

「うらやましいな」

われながら実感のこもった声が出てしまい、幸宏はきまり悪くなってビールをあおった。むせそうになる。

栄人が箸をとめ、上目遣いに幸宏を見やった。

「あるのか？　ストレス」

苦いビールを飲み下して、幸宏は答えた。

「年明けから子会社に飛ばされるんだ、おれ」

定年まで、本社にはまず戻れないだろう。この機会に有休を消化するようにと人事部からすすめられ、最終出社日は先月末となった。

その直前にデスクを整理していて、二十五年前のマッチを発見したのだ。ひきだしの奥底で、黄ばんだ名刺の束と古い手帳の間に挟まっていた。時間が一気に巻き戻された。やつれた栄人の顔を思い出した。それに、青臭い正論をさかしげに振りかざした、若かりし自分のことも。

「引退するって栄人に聞いて、おれは反対したよな。正直、腹も立った。おとななんだから、仕事なんだから、がまんしろよって」

でも、二十五年の歳月が、栄人が正しかったと証明した。飄々《ひょうひょう》と人生の舵《かじ》を切り直し、充実した暮らしを送っている。それにひきかえ、幸宏はこのざまだ。がまんにがまんを重ねてきたのに、報われやしなかった。

「お前はすごいよ。あんなに売れてる最中《さなか》に、潔く自分で幕引いて、それで未練も後悔もないわけだろ？　今はここで、しっかり地に足つけて生活してる。立派だよ」

「ほめすぎだよ、気持ち悪い。さては酔ってるな？」

栄人が茶化すように口を挟む。

「酔ってないって」

「いや、顔赤いぞ。水飲むか？」

からかっているだけかと思いきや、本当に冷蔵庫からペットボトルを出してきた。「飲めよ」と幸宏に押しつけ、真顔でたずねる。

「で、幸宏はどうしたいんだ？」

幸宏はため息をついた。

「正直、辞めたい。だけど無理だよ。この年齢《とし》で転職なんて無謀すぎる。まだ家のローンも残ってるし、息子はこれから受験だ。娘は娘で、留学したいって言ってる。今おれが無職になるわけにはいかない」

半分は自分に言い聞かせるように、言葉を連ねる。栄人はふんふんとうなずいている。

「なるほどね。そりゃ、辞められないな」

あっさり言った。唇の端にマヨネーズがついている。

「ま、くよくよすんなって。定年が六十だとして、あと八年か。心配しなくても、あっというまだよ」

栄人の言うとおりだ。おそらく自分は会社を辞めないはずだと、幸宏にもうすうす予想はついている。

だから、笑って受け流そうとした。そうだよなあ、やっぱりそれしかないよな、せいぜいがまんしてねばってみるよ。

「おい、どうした？」

栄人がいぶかしげに眉をひそめた。幸宏はペットボトルを握りしめ、声をしぼり出す。

「いや、なんか意外でさ。辞めちまえ、って栄人は言うかと思った」

「別に辞めるなとは言ってないぜ？　だけど実際、無理なんだろ？」

栄人はいたずらっぽく言う。

「なんだよ、辞めろって言ってほしかったか？　いっそ、嫁さんも子どもも放っぽって、この島に隠居するか？　いいよ、おれは歓迎するよ。楽しいぞ」

幸宏はうなだれた。反論の余地がない。幸宏にはそんな度胸も気概もない。栄人のようにはいかないのだ。

「おい、そんな顔するなよ」

栄人が声を和らげた。

「ふた開けてみりゃ、子会社ってのも居心地いいかもしれないよ。幸宏ならうまくやれるだろ。住めば都ってこともあるしな。おれだってさあ……」

栄人なりに、励まそうとしてくれているのだろう。けれど最後まで聞く気になれず、幸宏はつぶやいた。

「おれは、お前とは違うから」

「ああ？」

栄人がすっと目をすがめた。

「なにを今さら。そんなこと、大昔からわかってるだろうが」

見たこともない表情だった。旧友ではなく見知らぬ男と向きあっているようで、幸宏はたじろぐ。かつての栄人なら確実に機嫌をそこねているはずだが、そんな気配もない。ただ静かに、幸宏をじっと見つめている。

栄人の瞳にたたえられているのは、怒りではなかった。憐憫《れんびん》、だろうか？　あるいは軽蔑？　ひょっとして、悲しみ？

情けなくて、いたたまれなくて、幸宏は顔をふせた。頬がひりひりと熱い。

「帰るよ」

声がかすれた。栄人から返事はなかった。


宿に戻ったのは、昨日とちょうど同じくらいの時刻だった。風呂をすませ、夕食をとる。これも昨晩と同じく、食堂には幸宏ひとりだった。ビールはやめておくことにした。星空見物に備えたわけではない。栄人はきっと来ないだろう。

ところが、幸宏が食後の茶をすすっていると、玄関のほうから声がした。

「おう、瑞希《みずき》ちゃん。ひさしぶり」

「ああ佐野さん、こんばんは。ゲンさん呼んできましょうか？」

「いや、いい。今日はちょっと野暮用で」

三秒後、栄人がずかずかと食堂に入ってきた。なぜかギターケースを背負っている。

「食ったか。行くぞ」

昨日車で通った道は、相も変わらず静まり返っていた。左手に続く堤防の向こうから、規則正しい波の音が響いてくる。

歩きながら、栄人が背中のギターケースを軽く揺すってみせた。

「あの後、颯太んちに行ってきたんだよ。お前が急に帰っちまって、ひまだったから」

「ごめん」

「いや、むしろなつかしかったぜ。幸宏、酒が入るとからむんだったよなあ」

にやにやされて、幸宏には返す言葉もない。

「気にすんな、おかげで颯太んちで夕飯も食わせてもらえたし。あいつの母ちゃん、料理うまいんだ」

栄人は屈託なく言う。

「なあ、颯太がギターやろうとしてるのってなんでだと思う？」

「さあ？　好きなバンドにあこがれて、とか？」

「そんないいもんじゃないよ。女だよ」

「女？」

幸宏は面食らった。その単語と、純朴そうなあの小学生が、うまく結びつかない。

「あいつ、惚れてる女の子がいるんだよ。それがまた、将来楽しみな美少女でさ。その子がバイオリンを習ってて、あんたもなんか楽器やれば、って言われたんだと」

栄人は愉快そうに説明する。

「で、まんまとその気になりやがってよ。ったく、今どきのガキはませてるよな。どう見ても颯太に勝ち目はなさそうなんだけど、不憫だから教えてやることにした」

ほどなく、宿のあかりは届かなくなった。道沿いには建物も街灯もない。栄人に懐中電灯で足もとを照らしてもらって、光の輪を頼りに闇の中をゆっくりと進む。

「まあでも、おれらだって十分ガキだな」

栄人がぼそりと言った。

「進歩がねえよな。せっかくひさしぶりに会ったってのに、またけんかして。いい年したおっさんが、なにやってんだ」

「だな」

幸宏も、まったくもって同感だった。

「いや、でも、進歩してるか？　こないだは二十五年もひっぱったけど、今度は三時間ですんだもんな？」

「まあな」

苦笑まじりに、うなずいた。

「あのときは腹が立ったって幸宏は言ってたけどさ、おれだってかちんときたぜ。お前ならできるってなんだよ、無責任なことぬかしやがって、ってな」

「悪かったよ。反省してる」

「だけど後から、何度も思い出したんだよな。あんなふうに言ってくれたの、幸宏だけだったから」

栄人の声が低くなり、幸宏は隣を盗み見た。懐中電灯の光でほのかに照らし出された横顔から、笑みが消えていた。

「社長もマネージャーも、あれこれ面倒は見てくれたよ。でも心の中では、こいつはもうだめだって見切ってたと思う。引退したいって言っても、全然ひきとめられなかった」

栄人は咳払《せきばら》いして、言葉を切った。

「実はおれ、曲を作れなくなってたんだよ。捕まる半年くらい前からかな。アンプの電源が落ちたみたいに、ぱたっと音楽が鳴らなくなって」

音楽が鳴ってる――栄人はいつだって唐突に、かつ嬉々として言ったものだった。なにをしていようが途中で放り出し、脇目もふらずに帰っていった。それがどういう感じなのか、幸宏には長らく謎だった。ひとり置き去りにされるのにも慣れた頃、例によって幸宏の部屋でごろごろしていた栄人が「これだ」と手を打ち、読みさしの冒険漫画を見せてきた。主人公の少年が神からの啓示を受ける場面だった。

「あせったよ。びびったし。はじめて曲を作った中坊のときから、そんなこと一度もなかったんだぜ？」

あせって、びびって、途方に暮れて、薬に手を出した。

「効いてる間はいいんだよ。なんか、すげえメロディーが鳴ってる気がするんだ。だけど切れたらそれっきり。当然だよな、単なる幻聴なんだから。それでも、なんにも聞こえないよりはましだった」

事務所からは何度も厳しく注意を受けたが、どうしてもやめられなかった。聞こえない恐怖と絶望は、もはや薬なしではやり過ごせなかった。

「今だから言うけど、最後のシングルは、おれが作ったんじゃない」

栄人は小声で言い添えた。

「でも、幸宏はその前の、〈8〉のほうがいいってほめてくれたよな？　音楽がわかんないっていつも謙遜してるけど、お前はちゃんとわかってるよ」

息を詰めて聞いていた幸宏は、ようやく口を挟んだ。

「そういうことは、早く言えよ」

あのとき詳しい事情を知っていれば、幸宏だってあんなふうに発破をかけたりしなかった。傷ついた栄人をさらに追い詰めるようなことは、口にしなかったはずだ。

「だって、かっこ悪いだろ」

栄人はきっぱりと言いきって、「それでさ」とつけ足した。

「お互い様だなと思ったよ、今日は」

「うん？」

「幸宏は音楽がわかんないくせに、おれは大丈夫だって言ったろ。おれも、会社のことなんか全然わかんねえけど、幸宏ならなんとかなりそうな気がするわけ」

立ちどまり、懐中電灯を左のほうに向ける。古びた石段がまるく照らし出された。

階段を上りきってみると、堤防の幅は案外広かった。うろうろ歩き回るわけでもないし、落っこちる心配はなさそうだ。海のほうを向き、並んで腰を下ろす。

「寝転んでみな」

栄人にうながされて、幸宏はそろそろと背中を後ろに倒した。

「うわ、すごいな」

思わず、声がもれた。視界いっぱいに星空が広がっている。こんなにたくさんの星をいちどきに見るのは、生まれてはじめてだ。周囲が真っ暗なので、なんだか宇宙の真ん中に浮かんでいるみたいな感じがする。

「今日は新月だし雲もないから、ばっちりだ。幸宏は晴れ男か？」

機嫌よく夜空を見上げている栄人のほうへ顔を向けた拍子に、転がしてある懐中電灯の向こうに目がとまった。ギターケースの黒い影が、主人の傍らに従順なペットのごとく寄り添っている。

「なんか弾いてくれよ。ひさしぶりに聴きたい」

幸宏は言った。

「しょうがねえな。高いぞ？」

もったいぶった言いようのわりに、栄人はいそいそとギターを取り出した。膝の上に抱え、はあ、とわざとらしく息を吐く。

「なんだよ、この状況は。おっさんふたりで、もったいねえな」

幸宏もふきだした。確かに、ロマンチックこの上ない。満天の星に、波音に、ギターの弾き語りである。恋人どうしなら文句なしに盛りあがるだろう。

「お客さん、リクエストは？」

「じゃあ、〈8〉で」

オルゴールは作りそびれてしまったが、注文するならこれにするつもりだった。さっきの話からすると、八重山エイトにとって事実上のラストシングルだったことになる。

「お。センスいいね、お客さん」

それを皮切りに、栄人は他のシングル曲もいくつか歌ってくれた。ひとつ終わるたび、幸宏は盛大に拍手した。

栄人はひとしきり自由曲を披露すると、今度は歌わずにギターだけで、古い名曲を次々に弾いていった。「見上げてごらん夜の星を」に「星に願いを」に「昴《すばる》」、それこそオルゴールになっていてもおかしくない旋律が、夜空の下で波の音と溶けあい、やけに美しく耳を打った。けれど、その次の曲だけは、幸宏には聴き覚えがなかった。

「これ、なんて曲？」

栄人は答えない。目をつむって、演奏に没頭しているようだ。幸宏は口をつぐみ、また空をあおいだ。

曲が終わると、栄人は言った。

「おれのだよ」

幸宏は一瞬、意味がのみこめなかった。

「新作だから、タイトルは考え中。歌詞もまだない」

そこまで聞いて、飛び起きた。

「曲、作ってるのか？」

「ほそぼそとね。お前には黙ってようかと思ったけどな」

「なんで？」

「さっき、さんざんほめられまくったからな。潔く引退してかっこいいだの、未練も後悔もないだの。実はいまだにこそこそ曲作ってます、って言えるか？」

幸宏は言葉に詰まった。

「確かに、後悔はしてない。あのまま続けてたら、たぶん手遅れになってたよ。でも未練はある。八重山エイトにじゃなくて、自分の音楽にな」

栄人がにっと笑って、休止符を打つように弦をはじいた。

「ああ、すっきりした。また本当のこと言いそこねて、二十五年も持ち越すのは勘弁だからな。おれたちジジイになっちまう。下手したら死んでる」

ギターを抱え直し、また新しいメロディーをつまびきはじめる。

「まだ当分は死にたくねえんだよな。死んだら、音楽やれないもんな」

ひとりごとのようにつぶやいている栄人に、幸宏は言った。

「いい曲だな」

堤防の上に寝そべって、力強いギターの音色に耳を傾ける。びっくりするほど明るい流れ星がひとつ、夜空を悠々と横ぎっていった。

からっぽ

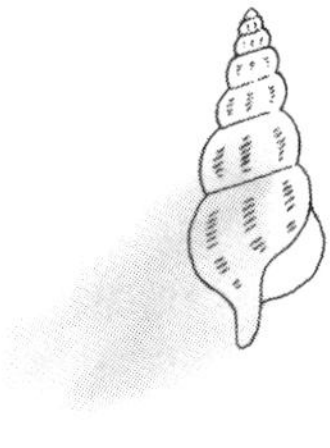

苔《こけ》むした石の鳥居をくぐると、音楽が聞こえてくる。はじめは、小鳥のさえずりや虫の声にまぎれてしまうくらい、ごくかすかに。けれど一歩進むごとに、少しずつ大きくなっていく。

朝もやのたちこめる中、千代《ちよ》は通い慣れた道をゆっくりと歩く。道といっても、他人《ひと》の目にはそう見えないだろう。一見する限りでは、どうということのない雑木林である。もっとも、鳥居のこちら側に立ち入るのは島人のうち千代ひとりなので、この景色が他人の目にふれる機会はない。みっしりと茂ったシダの葉を両手でかきわければ千代がかろうじて通れる程度の隙間が現れることも、誰も知らない。

ほどなくシダの茂みはぷつりととぎれ、かわって灌木《かんぼく》が道の両脇に連なる。張り出した枝で千代の頭上はすっぽりと覆われて、こずえが風に揺れるたび、昇ったばかりの朝日がちらちらとこぼれ落ちてくる。

緑のトンネルは、幅も高さも、千代の体にぴったり合っている。上にも横にもほぼ余裕はなく、かといって歩くのに支障もない。なにか手を加えたわけではない。いつのまにか、こうなっていた。昔、千代が島に渡ってきた頃には、もう少し道幅にゆとりがあった。当時、毎日ここを通っていたのはツルで、彼女は千代よりもひと回り大柄だったのだ。もう何十年も前の話になる。

木々に囲まれた小径《こみち》をたどっていく間も、音楽は片時もとぎれない。すでに、鳥や虫の声に負けないほど大きくなっている。

不意に、視界がひらけた。音楽がひときわ高らかに響きわたる。

真正面にガジュマルの巨木がそびえている。節くれだった太い幹から四方八方に枝が伸び、からみあって地面を這《は》う根の間に色鮮やかな野花が咲き乱れて、蝶や蜂がさかんに飛び回っている。ガジュマルは島中に自生しているが、群を抜いて立派なこの木のことを、ツルと千代は「大ガジュマル」と呼びならわしていた。

ふかふかとやわらかい下草を踏みしめて、根もとまで近づいた。深く一礼して手を合わせ、目をつむる。厳粛なのに軽やかな、独特の調べに、しばし耳を傾ける。

島神様は、今日もご機嫌がいいようだ。

音楽は、島神様のその時々の気分を表している。音量が大きければ大きいほど、また旋律が明るければ明るいほど、調子がいいということらしい。島の平和と秩序が保たれている、とも言い換えられる。誰かが死んだり、嵐が来たり、島に凶事が起きる日には、音色も曲調も暗く沈む。長年、来る日も来る日も繰り返し聴いているうちに、ちょっとした機微まで感じとれるようになった。

千代は大ガジュマルをあおいだ。もはや、音楽は外から耳に届くばかりでなく、体の内側でも鳴り響いている。のびやかなリズムが心臓の鼓動ときれいに重なり、不思議な力が全身にみなぎってくる。

しっとりと湿った空気を胸いっぱいに吸いこんで、千代は口を開いた。

集落に戻ったときには、あたりはすっかり明るくなっていた。夜明け前にはしんと寝静まっていた家々の窓から、子どもの声やテレビの音がもれてくる。トーストや味噌汁のにおいが鼻《び》腔《こう》を刺激する。全力で歌った後は、ひどく空腹になるのだ。

朝食をすませて一服してから、再び家を出た。

今度は、通りにちらほらと往来がある。朝一番の船に乗ろうと港へ急ぐ若者、犬の散歩をする老人、ランドセルを背負った小学生もいる。「ババ様、おはようございます」とか、「おはよ、ババ様」とか、すれ違いざまに声をかけられる。この島では皆が顔見知りで、その全員が千代のことを「ババ様」と呼ぶ。かれこれ五十年以上もそうだから、今や本名を覚えている者はほとんどいないだろう。

はじめて「ババ様」という言葉を耳にしたときは——そう呼びかけられたのはツルで、千代はその横にいたのだったが——てっきり「おばあさん」という意味かと思った。千代に限らず、島外から来た者はたいてい勘違いする。だが、「ババ様」とは職業の名だ。「村長さん」や「郵便屋さん」や「床屋さん」なんかと同じで、個人の呼び名としても使われる。そして職業というからには、当然ながら、担うべき仕事がある。

島神様にお仕えする、というのがそれだ。

大ガジュマルのもとで歌を捧げることと、島内に点在する祠《ほこら》の手入れをすること、このふたつは毎日やる。それからもうひとつ、島の冠婚葬祭で歌うことも、大事な役目である。

神に仕えるというのだから、さぞかし厳格な作法に則らねばならないのだろうと千代は気をひきしめたのだけれど、決まりなんかないよ、とツルはこともなげに言ってのけた。島神様は、細かいことは気になさらん。島を守って下さってありがたい、そう感謝する気持ちさえあればいいのさ。

最初は半信半疑だった千代も、島の人々と親しくなるにつれ、なんとなく腑《ふ》に落ちた。個人差はあるものの、総じてのんびりしているというか、大雑把というか、よくも悪くも些事《さじ》にこだわらない気質の者が多いのだ。

決まりがないとはいっても、毎日のことゆえ、おのずと手順は定まっている。朝早く大ガジュマルに詣でるのも、午前中か夕方に祠を見て回るのも、ツルの代から変わらない日課だ。本土では九月下旬ともなれば秋の気配が深まってくるが、ここではまだまだ夏の陽気が続く。島の人間は、外出の用は暑くならないうちにすませるか、日が傾くまで待つ。真昼に漫然と出歩いているのは観光客ばかりだ。

細い裏道に入ったとたん、人通りがとだえた。曲がりくねった狭い路地のつきあたりに、小さな石造りの祠がある。

ひざまずいて手を合わせる。千代が昨日替えた白いハイビスカスは、まだ十分に元気だ。花立ての傍らにマンゴーの実が置いてある。集落内の祠には、千代が手向ける花以外にも、村人が菓子やら果物やらを供えていることが多い。子どもたちの手で小石や貝殻がちんまりと並べてあったりするのもほほえましい。

来た道を引き返していく途中で、呼びとめられた。

「ババ様」

千代は首をめぐらせた。少し先にある古ぼけた一軒家の庭先で、佐野《さの》がちょいちょいと手招きしていた。

「あのさ、うちにちょっと変な客が泊まってるんだけど」

声をひそめ、肩越しに後ろを見やる。

千代もつられて視線をすべらせた。見たところ普通の民家だが、佐野はここでゲストハウスなるものを営んでいる。素泊まりのみで格安の、民宿を簡素にしたような宿らしい。泊まり客と思《おぼ》しき若者と、この道で時折すれ違う。

「変って？」

「三十代くらいの男と、ちっちゃい女の子。いくつくらいかなあ。三歳か、四歳か」

「親子じゃないのかい」

「おれも最初はそう思ったよ。でも、なんか親子っぽくなくて。子どもがなついてないっていうか、妙によそよそしい感じで。よく見たら顔も全然似てないし」

「実の親じゃなくて、親戚とかかもしれないよ」

「親戚のガキとふたりきりで、わざわざこんなとこまで来るか？　宿だってさ、子連れでうちはないよ。普通はペンションか民宿に泊まるだろ」

佐野は食いさがる。

「大丈夫かなあ。誘拐とか犯罪とかじゃないよな？」

たぶん大丈夫だ。今朝、島神様のご機嫌は上々だった。

音楽のほかに、島神様のこよなく愛するものがあとふたつある――子どもと、猫だ。年端のいかない子どもに危険が迫っているなんてことがあれば、見逃すはずがない。

「まあ、なにか事情があるんじゃないの」

島にはいろんな人間がやってくる。気楽そうな観光客にまじって、くたびれた顔や思い詰めた顔もたまに見かける。犯罪者は困るけれど、そうでなければそっとしておくほかない。千代にできるのは、彼らの心が少しでも軽くなるように祈ることくらいだ。

「事情っていうか、あれは絶対ワケアリだぜ。あやしいよ」

かく言う佐野だって、島に来てしばらくの間は、「あやしい」と島人からずいぶん警戒されていた。

なにしろ風体が異様だった。がりがりにやせこけ、目が落ちくぼんで顔色も悪く、丸刈り頭は囚人を連想させた。しかも、めったに出歩かず、滞在先の家に閉じこもっている。そこの老夫婦が言うには、彼は東京に住む孫の友人で、体をこわしてしまったので療養させてやってほしいと頼まれたという。確かに体調は芳しくなさそうだが、ちっぽけな診療所しかないこの島で病人を預かるというのもおかしな話で、本土でなにか事件を起こして逃げてきたんじゃないか、ともっぱらのうわさだった。

が、千代は今回と同じく、さほど気をもまなかった。彼が島にやってきた日、島神様がいつになく上機嫌だったからだ。ということは、過去になにがあったにせよ、少なくともこの島に害を及ぼす人間ではないはずだった。放っておいてやれば、そのうち元気になって出ていくだろう。

千代の予想は半分あたり、半分はずれた。佐野は悪人ではなかったし、順調に心身の健康を取り戻したようだったけれど、その後も島を去らなかった。

島神様がなぜ佐野を気に入ったのかは、彼が島に住みついてまもなく明らかになった。佐野には音楽の素養があった。詳しくは語らないものの、東京でも音楽にかかわる仕事をしていたらしく、どんな楽器も器用に演奏してみせる。今では祭のたびに太鼓をたたいてくれている。ここ最近は、近所の小学生にギターを教えてもいるそうだ。あまりそういうふうには見えないが、佐野は子どもが好きなのだ。だから、宿泊客の子のことも気になるのだろう。

「今も部屋にいるのかい？」

「ついさっき、出てった。そのへんにいるだろうから、もし会ったらババ様も注意して見てみてくれよ。で、やばそうならすぐ呼んで。今日はおれ、昼の船に客を迎えに行く以外はここにいるから」

二十余年前にはあれほどうさんくさがられていた佐野が、こんなにも村になじむなんて、いったい誰が予見できただろう。五十代とはいえ、年寄りの多い島内では若手の部類に入り、力仕事やらなにやらで頼りにされている。あるいは、ひょっとしたら島神様だけは、なにもかもお見通しだったのだろうか。

しかし、千代とて佐野のことはいえない。島で暮らし出した当初は、村人たちから気味悪そうにじろじろと見られたものだった。

千代の姿もまた、彼らの目には奇異に映ったに違いない。ぼろぼろに疲れ果て、身なりにかまう余力もなく、おまけに、まだ二十代の半ばだというのに髪がほとんど白くなっていた。顔のほうは、やつれたとはいえ年齢相応の若さもいくらか残っていたから、そうとうちぐはぐに感じられただろう。佐野と違って、この島に知人がいるわけでもなかった。

けれど、ツルがいた。それに、島神様も。

「よく来たね。待ってたよ」

というのが、ツルの第一声だった。見知らぬ老女からなれなれしく話しかけられてすくんでいる千代の目をのぞきこみ、ほがらかに言った。

「あんた、名前は？」

思い返せば、ツルが千代に個人的な質問をしたのは、それが最初で最後だった。どこから来たのか、家族はいるのか、どうして縁もゆかりもないこの島に流れ着いたのか、そういったことはついぞ問われなかった。

最後のひとつに対しては、ツルは独自の答えを持っていた。

「あんたは島神様に呼ばれたんだ」

いきなりそんなふうに言われても、千代自身は当惑するほかなかった。千代はただ、あたたかい土地に、より正確にいうなら雪の降らない土地に、行きたい一心だった。南へ、南へ、水が山から海に流れるようにひたすら下り、この島までたどり着いた。

「さあ、おいで」

ツルは一方的に言い渡し、さっさと歩き出した。千代はふらふらとついていった。断る気力も理由もなかった。どうせ失うものはなにもない。

そして、大ガジュマルの根もとで、はじめて島神様の音楽を聴いた。

佐野と別れ、ぐるりと村の中を一周して、集落の外まで足をのばした。南ノ浜に通じる道沿いの祠に花を供え、手を合わせていると、どこからか猫が集まってきた。

この島にはなぜか猫が多い。千代の姿を見れば、こうして何匹も寄ってくる。煮干しをもらえると知っているのだ。これもまたツルから受け継いだ習慣である。島神様が猫を好む以上、彼らに優しくするのも仕事のうちだ。

煮干しを手のひらにのせて道端にしゃがんだところで、視線を感じた。千代は周囲をそれとなく見回した。

坂道を二、三メートル下ったあたりに、大小の人影がたたずんでいた。ひょろりとやせた猫背の若い男と、その腰の高さくらいの背丈しかない女児である。麦わら帽子をかぶり、赤地に白い水玉模様のワンピースを着ている。

「こんにちは」

千代は腰を伸ばし、挨拶してみた。

「こんにちは！」

即座に、かわいらしい声で返事があった。一拍遅れて、「こんにちは」と男のほうももそもそと言う。

なるほど、佐野が言っていたとおり、親子にしてはなんだか違和感がある。ふわふわと波打つ明るい栗色の髪といい、けばけばしい原色のアロハシャツといい、男が父親というには若く見えるせいか、それとも、ふたりが微妙に間隔をおいて立っているからだろうか。この年頃の子どもは、おもてを歩くときはたいがい親と手をつないでいる。

「ねこちゃん！」

女の子が千代の足もとを指さした。

「いち、にい、さん……」

舌足らずな口調で数えはじめたが、途中でぶるんと頭を振った。「いっぱい」とごまかすように微笑《ほほえ》んで、上目遣いに千代を見やる。

「ごはん？」

「ああ、うん」

千代はうなずいた。煮干しを待つ猫にも似た熱っぽいまなざしで見つめられ、言い添える。

「やってみるかい？」

「うん！」

子どもは頬を上気させ、転がるように駆けてきた。連れの男も所在なげについてくる。

「モモねえ、ねこちゃんだいすき！」

「そうかい、そりゃよかったね」

「よかったね！」

モモというのがこの子の名前らしい。正式にはモモコやモモエかもしれない。

ぷくぷくした血色のいい手のひらに、煮干しをひとつかみのせてやる。こうして見ると、千代の筋ばった手はまるで乾ききった枯れ枝のようだ。たむろしていた猫たちが、すかさずモモを取り巻いた。

「たべた！」

はしゃいだ声を上げたモモに、千代は聞いてみた。

「あんた、年齢《とし》はいくつだい？」

モモは猫から目を離さずに、片手の指を三本立ててみせた。

千代はあらためてふたりを見比べた。彼らがどういう関係なのかはさておき、佐野が懸念していたような緊迫した状況には見えない。男はいかにも気が弱そうで、誘拐犯どころか従者みたいな趣《おもむき》だ。彼が子どもを連れ回しているというよりも、気ままな幼児に振り回されて往生している雰囲気すらある。

むろん、人間は見かけによらないということも、なくはない。だが、よからぬことを企てているかどうかは、顔を見ればわかる。島神様の洞察力も千代を助けてくれているはずだ。

「わからないことがあったら、耳をすましなさい。島神様が答えを教えて下さるよ」

と、ツルはつねづね言っていたものだ。

ツルは千代を自宅に住まわせ、どこへ行くにも一緒に連れ歩いた。おかげで、島人たちの態度も日に日に和らいだ。千代が徐々に生気を取り戻したせいもあっただろう。髪の色はついに戻らなかったものの、うつろだった顔つきが着実に明るくなっていくのは、鏡を見るたびに自分でも実感できた。

ただし、千代が島神様の音楽にふれられたのは、初日の一度きりだった。それ以降はさっぱりなにも聞こえない。

ツルの歌声を通して、奏でられている旋律は千代にもわかる。婚礼、葬送、村の祭、それぞれの行事に即した曲があり、歌詞も少しずつ覚えた。とはいえ、肝心の音楽が聞こえないのに、後任がつとまるものだろうか。不安をおさえきれず、千代はたびたびツルにたずねた。

「本当に、わたしで大丈夫なんでしょうか?」

「心配ないよ」

ツルは落ち着きはらって答えた。

「今はまだ、あんたの番が回ってきてないから聞こえないだけさ。わたしもそうだった。そのときが来ればちゃんと聞こえるし、歌えるよ」

千代の「番」は、唐突に訪れた。

島に渡ってきて五年目の、さわやかに晴れた初夏の早朝だった。千代は厳かな音楽でふっと目を覚ました。胸騒ぎがして隣室に走ったところ、寝床に横たわったツルはもう息をしていなかった。

千代の初仕事は、ツルの葬儀で歌うことだった。ツルには教えてもらっていなかったけれど、島の長老たちによれば、ババ様というのは毎回そうやって代替わりするものなのだという。

棺《ひつぎ》の前で、千代は歌った。ツルは正しかった。頭上から降り注いでくる音楽に合わせて、ひとりでに唇から歌声がほとばしり出た。自分のものとは信じがたいほど、みずみずしく張りのある声だった。無心に歌っているうちに、悲しみも、心細さも、いつのまにか薄らいでいた。千代の体に注ぎこまれ、そして流れ出ていく清らかな旋律が、心を洗ってくれているようだった。島神様の音楽がツルの魂を慈しみ、ねぎらい、祝福している。嘆くことなど、なにひとつなかった。

あっというまに煮干しの持ちあわせは底をついた。ふだんは数カ所で分けて配っているものを、一気に使いきってしまったことになる。いつにない大盤振る舞いに、食欲旺盛な猫たちもさすがに満足したようで、のそのそと道端の草むらのほうへ去っていった。一匹だけ、白い仔猫がモモにつかまって、両手でなで回されている。

千代もひきあげることにした。心配することはなさそうだと佐野にも伝えてやろう。モモは猫に夢中で顔を上げなかったが、男のほうは軽く目礼をよこした。

ところが、坂を上りきらないうちに、背後で金切り声が聞こえた。

「やだ！」

千代はぎょっとして振り向いた。

ついさっきまですこぶる上機嫌だったモモが、真っ赤な顔で今にも泣き出しそうに口をゆがめていた。男が傍らにかがみ、なにやらあやすように話しかけている。

「ちがう！」

モモが絶叫した。千代はやむなく回れ右をした。ふたりに近づくにつれて、おろおろしている男の声も耳に届いた。

「でももう歩けないんだろ？　そうだ、おんぶしようか？」

「いやっ！」

「なら、抱っこは？」

「いやっ！」

気配を感じたのか、彼が千代のほうを見上げた。ため息まじりに説明する。

「なんか、急にトイレに行きたくなったらしくて」

両目に涙をためてうつむいているモモには悪いけれど、千代の肩からは力が抜けた。

「なあ、そのへんでちゃちゃっとすませようぜ。誰も見てないって」

「だめ！」

モモはそわそわと体を小刻みに揺すりながらも、せっぱつまった形相で叫ぶ。

「しょうがないだろう、歩けないんだったら。おむつしたほうがいいんじゃないかって、だから言ったのに」

「おむつは、よるだけ。ひるまはしないの。モモ、あかちゃんじゃないから」

モモがぴしゃりと反論する。

「でも、現にこういうことになってるわけだろ」

男が弱りきった顔で立ちあがり、千代に向き直った。

「すいません、このへんに公衆便所ってありますか？　それか、トイレを借りられる店とか」

千代は坂の上をあおいだ。ガジュマルの木が見える。島神様の大ガジュマルにはかなわないものの、なかなかの大木だ。

「あの木のところに、ひとつ店があるけど」

千代の指さした先を手庇《てびさし》で眺め、「けっこう遠いなあ」と男は情けない声をもらした。

「あそこまで行けるかな」

「いける！」

モモが憤然と彼をにらみつける。千代はちょっと感心した。こんなに幼くても自意識というものがあるのだ。野外で用を足すことも、昼間からおむつをつけることも、この子にとっては耐えがたい屈辱なのだろう。

男も観念したらしく、モモに片手をさしのべた。

「わかったよ。じゃあ、がんばろう」

モモは眉間にしわを寄せ、その手をしげしげと見た。それから下唇を突き出して、ぷいとそっぽを向いた。

「パパ、きらい！」

「なんだよ、なんでそうなるんだよ」

パパ、と千代は胸の中で繰り返した。なんだ、やっぱり親子だったのか。

考えてみれば、幼児というものは男親より女親になつきやすい。今どきは育児を手伝う父親も増えているようだけれど、それでも多くの家庭では、母親のほうが子どもと過ごす時間は長いだろう。夫が外で働き、妻は主婦として家事を担うのが一般的だった時代には、その傾向はもっと強く、平日にはわが子の寝顔しか見られないという父親も珍しくなかった。この子も、ふだん父親と接する機会が少ないのだろうか。どうも息が合っていないのは、そのせいなのかもしれない。

でも、それならどうして父と娘がふたりきりで旅をしているのだろう？　母親はどこにいるのだろう？

それとも、どこにもいないのだろうか？

こめかみがずきりと鈍く痛んだ。顔をそむけ、息をととのえる。ひとまずふたりをガジュマルの店まで案内しようと足を踏み出しかけたとき、右手に熱くてやわらかいものがふれた。

モモが千代の手を握っていた。

とっさに、千代は手をひっこめかけた。それが伝わったのだろう、モモはぎゅっとしがみつくように、いっそう力をこめてくる。潤んだ目ですがるように見上げられ、千代はおっかなびっくり小さな手を握り返した。

「行こうか」

できるだけ優しく言った。モモがわずかに力をゆるめた。

子どもと手をつなぐなんて、何十年ぶりだろう。島にはそもそも子どもが少ないし、千代とは接点もない。せいぜい道で挨拶をかわすくらいだ。小学生や中学生なら話しかけてくることもあるが、もっと幼い子だと、もじもじして親の陰に隠れてしまう。それに、千代のほうも幼い子どもを避けていた。行く手に姿をみとめればさりげなく回り道をしたし、赤ん坊の泣き声が聞こえたらそそくさとその場を離れた。不用意に近づくと動悸がしてくるのだ。めまいも。ことに、女の子がよくなかった。

そんな症状も、ツルの後を継いでババ様と呼ばれるようになってからはだんだん軽くなり、いつしか消えた。生まれ変わったからだ、と千代は解釈していた。わたしはもはや、かつてのわたしではない。千代ではなく「ババ様」として生きていくのだ。

すり足と大差ない、モモの遅々とした歩みに合わせて、千代はじりじりと坂を上る。

生まれ変わった、はずだった。過去の千代はもうどこにもいないはずだった。けれど、手のひらに伝わってくるこの感触を、千代は確かに知っている。

二十歳の春に、千代は恋人から結婚を申しこまれた。彼は大学生で、千代が働いていた大衆食堂の常連だった。毎日顔を合わせるうちに親しく言葉をかわすようになり、やがて店の外でも会う仲になった。卒業したら郷里に戻って家業を継ぐ、ついては千代にも一緒に来てほしい、と彼は言った。

なんとなく、育ちのよさそうなひとだとは感じていた。学生らしい質素な身なりで定食をかきこんでいても、そこはかとなく品があった。千代といるときも、派手に遊んだり無駄遣いしたりするわけではないが、万事おおらかで気前がいい。大学に通うこと自体が、身寄りのない千代にとっては手の届かないぜいたくでもあった。

そんなわけで、うすうす覚悟はしていたものの、彼の実家に連れていかれた千代は度肝を抜かれた。

最寄り駅には黒塗りの車が待っていて、白い手袋をはめた運転手がうやうやしく後部座席のドアを開けてくれた。お屋敷の玄関口に手伝いの者たちが整列し、「坊ちゃま、お帰りなさいませ」と声をそろえた。客間は千代の働く食堂がまるごと入ってしまうくらい広かった。床の間に高価そうな掛け軸が飾られ、豪奢な壺に桜の花が枝ごと活けてあった。

ふたり並んで畳に正座すると、彼が耳もとでささやいた。

「緊張しなくていいよ」

正直なところ、千代が感じていたのは緊張というより絶望だった。わたしは明らかにこの家には釣りあわない。実家はもともと下町の豆腐屋で、二親とも他界している。身上の不利を補うような、美貌や才能があるわけでもない。

客間に現れたのは、恋人の両親と祖父母だった。

「はじめまして。息子がいつもお世話になっています」

父親が深々とおじぎした。他の三人も千代に頭を下げ、感じよく微笑みかけた。柔和で上品な笑顔だったけれど、千代の心は晴れなかった。

軽く世間話をした後で、祖母がおもむろに切り出した。

「千代さんは、ご家族は?」

千代が答える前に、恋人がかばうように割って入ってくれた。

「彼女は戦争で家族を亡くしてしまっていて……」

「それはもう聞きました」

静かな、それでいて有無をいわさぬ声音で、彼女は孫をさえぎった。千代に向かって「お気の毒に」といたわるように言ってから、遠慮がちに続けた。

「ご兄弟はいらしたのかしら?」

予期せぬ質問に、千代は戸惑った。てっきり家業や家柄について問われるとばかり思っていた。彼女の意図がのみこめないまま、おずおずと答えた。

「兄が三人と姉がひとり、おりました」

上の兄ふたりと父は大陸で戦死し、母と姉と末の兄は空襲で命を落とした。田舎に集団疎開させられていた千代だけが生き残った。

しかし、その詳細を千代が話すことはなかった。ただちに次の質問が投げかけられたからだ。

「お父上は、ご兄弟は？」

「父は三人兄弟の長男です。叔父《おじ》ふたりも戦死してしまいましたが」

結局、千代がそこで聞かれたことといえば、千代自身と両親と祖父母の、それぞれの兄弟姉妹の人数だけだった。彼の学生生活のことに話題が移った後も、千代はのんきに会話を楽しむどころではなかった。恋人をもうじき失う、その痛みを顔に出すまいと必死だった。千代の身の上はあらかじめ彼の口から伝わっていたのだろう。この家の嫁としてふさわしくないと結論は出ている。あからさまに無関心な態度で追い返すのも失礼だから、答えやすい質問でお茶を濁してくれたのだ。

「今後とも、どうぞよろしくお願いします」

別れ際に彼の父親からあらたまって言われたときにも、単なる社交辞令だと千代は受けとった。だから、その続きを聞いて、あっけにとられた。

「気が早いようだけれど、千代さんにひとつだけお願いがあります」

ガジュマルの店まで、モモはどうにか自力で歩き抜いた。

この店は何度も主《あるじ》が替わっている。雑貨屋や、パン屋が入っていた時期もある。千代が店内に足を踏み入れるのは、そのさらに前、ここが土産物屋だったとき以来だった。

出迎えてくれた店主に事情を話し、トイレを貸してほしいと頼んだ。父親と交代しようかとも思ったが、モモが千代の手を離さないので、彼は店先に残して奥ののれんをくぐる。中は普通の住居だ。昔、土産物屋の夫妻に招かれたことがあるので、間取りはおぼろげに覚えている。廊下のつきあたりが洗面所で、その脇のドアがトイレである。

「じぶんでできる」

なにか重大な任務を負っているかのような決然とした表情で、モモは宣言した。千代は麦わら帽子だけ預かってやった。長い髪がきれいに結われている。細いみつあみを何本も頭の周りにめぐらせた、凝った髪型だ。

「そこにいてね」

わずかに開けたドアの向こうで、モモは念を押した。

そこからが、長かった。あんなにがまんしていたのに、それとも、がまんしすぎたのがよくなかったのだろうか。店のほうで待っていた店主も、途中で様子を見にきた。廊下の壁にもたれて待っている千代のために、気を利かせて小さな丸椅子を出してくれた。千代はそこに腰かけて、「いる?」とモモに問われるたび、「いるよ」と答えた。

ようやっと水を流す音がしたときには、ほっとした。

「て、あらう！」

モモが先ほどとはうってかわってすっきりした顔で、両手をかかげてみせた。家でそのように躾《しつ》けられているのだろう。

洗面台は、モモにはいささか高すぎた。千代の座っていた丸椅子をひっぱってきて、座面に膝立ちさせ、後ろから支える。鼻歌まじりに手を洗うモモの体温と重みが、千代の両手をじわじわとあたためる。

幼い子どもの体は、どうしてこんなに熱いのだろう。知っている、とまたもや思う。覚えている。


ぜひとも男の子を産んでほしいというのが、婚家からの「お願い」だった。がんばります、と千代は答えるほかなかった。赤ん坊の性別を前もって選ぶすべはなく、従って確約もできないのだけれど、無理難題を押しつけられているとも思わなかった。ごくごく普通の家庭でも、跡継ぎの長男は特別な存在として大事にされる時代だった。まして由緒正しい旧家であれば、なんとしても血筋を絶やすわけにはいかないだろう。

彼らが長男の嫁に望むのは、その一点のみだった。近しい身内に女より男のほうが多く、若く健康な千代は、歓迎された。他のことはなんでも自由にしていいと言われ、実際に干渉もされなかった。かといって、仲間はずれにされたり距離をおかれたりしたわけでもない。特に義母は、千代を新しい家族の一員としてかわいがってくれた。祝言から半年も経たずに千代が身ごもると、皆が大喜びした。

千代が初産《ういざん》を迎えたのは、雪のちらつく寒い朝のことだ。ひどい難産で、夫たちはやきもきしたらしいが、幸い赤ん坊は元気だった。

生まれたのが女の子だと知って一番落ちこんだのは、千代自身だったかもしれない。よくしてくれている婚家の皆に、ただただ申し訳なかった。一方、義理の両親も祖父母も、少なくとも千代の前では、落胆しているそぶりを見せなかった。めでたいことに変わりはない、はじめての内孫だから本当にうれしい、とくちぐちにとりなしてくれた。千代が謝ることはないと夫も言った。

「ふたりの子なんだから、責任はおれにもある。いや、そもそも誰かの責任ってことじゃないだろう。息子でも娘でも、おれたちの大事な子どもじゃないか」

それを聞いて、千代は取り乱したことを恥じた。そうだ、わたしだって、うれしいのだ。罪悪感を覚えるなんて、この子に対して、それこそ申し訳ない。

「どっちにしても、子どもは三人以上ほしいしな。一番上が男じゃなくたっていいよ。三人産むとして、全員が女の確率って、たったの八分の一だぞ。四人だと十六分の一で、五人だったら三十二分の一になる」

夫は冗談めかしてつけ加えた。

「みんな気長に待ってくれるよ。ほら、うちの母さんだって、五度目の正直だったんだから」

夫には四人の姉がいた。義母が若い嫁のことをなにかと気にかけてくれたのは、そのあたりも関係していたのかもしれない。

誕生日の空模様にちなんで、千代たちは長女を雪子《ゆきこ》と名づけた。

それからの二年間は、千代の人生で最良の日々だった。雪子はすくすくと育った。親のひいきめをさしひいても、実に愛らしい赤ん坊だった。日頃は謹厳な祖父や曽祖父でさえ、雪子の前ではとろけるように相好《そうごう》をくずした。性別のせいでこの子が愛されなかったらどうしようという千代の杞憂《きゆう》は、跡形もなく消え去った。

雪子はまた、手のかからない赤ん坊でもあった。よく眠り、よく乳を飲み、発育も申し分なかった。産後も引き続き夫婦仲はよかったし、そのうちに雪子の弟か妹を授かるはずだと千代も夫も信じていた。

願わくは、弟を。


右手でモモの手をひき、左手に麦わら帽子を携えて、千代は店のほうへ引き返した。廊下の先から、男ふたりの話し声がとぎれとぎれに聞こえてくる。

「髪、上手にしてあるね」

千代がほめると、モモは得意そうに胸を張った。

「かわいいでしょ。パパがやってくれた。パパはビョーシさんなの」

「そうかい」

この手の込んだ髪型は、プロの仕事だったのか。

「パパはねえ、オトコとしてはちょっとアレだけど、ビョーシさんとしてはイチリューなの。ママがいってた。ママのかみのけもパパがきるの。くせっけだから、むずかしいんだよ」

モモはまじめな顔でつけ足した。

「だからいま、ママのかみはノビホーダイなの。ボサボサでうっとうしいわ、っておこってる」

どう答えたものかと少し迷い、千代は短く相槌《あいづち》を打った。

「そりゃ困ったね」

「そう。こまったねえ」

のれんをくぐって店内に戻る。レジ台の横に据えられたテーブルに、店主と父親が向かいあって座っていた。

ここはオルゴールの専門店なのだ。間に、透明な箱がいくつか置いてある。同じような箱が、壁際の棚にもずらりと陳列されている。

「パパ！　おばあちゃんがね、かみのけかわいいねって！」

モモが千代の手をするりと離し、そちらへ駆け寄っていった。すっかり機嫌は直ったようだ。

父親が娘の頭をなでて、膝の上にひっぱりあげる。

「そうか。よかったな」

彼らの隣に千代も腰を下ろした。モモがテーブルに並んだ箱に手を伸ばす。

「なにこれ？」

「オルゴールっていうんだよ。ここを回すと音が鳴るんだ」

父親が底のぜんまいを巻いてやった。可憐な音色が流れ出し、モモが目をまるくして器械をのぞきこむ。

「このお兄さんはすごいんだぞ。お客さんの好きな曲をあててくれるんだ。モモがトイレに行ってる間に、パパもやってもらった」

陽気なメロディーを口ずさんでみせる。

「あ、ママのすきなうた！」

「もともとはパパが好きだったんだぜ。それでママにも教えてあげたんだ」

「ママ、よくきいてるよ。たまに、うたってる」

「へ？　それ、今もか？」

「うん」

そうか、と父親は小さく息を吐いた。

「じゃあ、この曲でオルゴールを作ってもらって、ママのお土産にしようか」

「モモも！　ほしい！」

モモが手足をばたつかせる。

「なら、せっかくだし、モモも好きな曲で作ってもらうか？」

「もらう！」

「かしこまりました」

店主がにこやかに言って、五線紙のノートをテーブルに広げた。すっと背筋を伸ばし、髪をかきあげて耳にかける。

あらわになった耳もとには、左右とも、透明な素材でできた補聴器のようなかたちの器具がひっかかっていた。

「それ、なあに？」

モモが興味深げに質問した。慣れた手つきで器具をはずしながら、店主が答えた。

「音の大きさを調節する道具です」

「チョーセツ？」

モモはまだ合点《がてん》がいかないようだったが、彼はそれ以上説明しなかった。かわりに、居ずまいを正して言い放った。

「では、聴かせていただきます」

やにわにペンをとり、脇目もふらず五線紙に音符を書きつけていく。

この店では、お客の「心の中に流れている音楽」とやらのオルゴールを作ってくれる、らしい。

いつだったか、颯太《そうた》が興奮ぎみに言っていた。郵便屋の祐生《ゆうせい》にも、そんな話を聞かされたことがある。眉唾《まゆつば》ものではないかと疑わしい気もしなくはなかったものの、千代は深追いせずにおいた。強引に売りつけたり法外な値段をふっかけたりするわけでもないようだし、客が満足しているなら問題なかろう。

しかしながら、こうして立ち会ってみると、どんなからくりなのか、やはり気になってくる。店主自身が特殊な能力の持ち主なのか、はたまた、この風変わりな器具のほうに秘密が隠されているのか。

そういえば、数年前に彼が島へ引っ越してきた日、奇妙なことがあった。

鳥居をくぐっても、大ガジュマルの下に立っても、どういうわけか音楽が聞こえてこなかったのだ。千代は泡を食った。半世紀以上もの間、そんなことは一度もなかった。機嫌のよしあし、ひいては島の平安なり騒動なりを、島神様はいつだって音楽を通して伝えてくれていた。突然の沈黙がなにを示しているのか見当もつかず、もしやとんでもない災厄の予兆かとおそろしくもなった。でも、万が一そうだとすれば、島神様は警告してくれるはずだ。おそらく、いつにも増して大音響をとどろかせて。

一睡もできずに迎えた翌朝、何事もなかったかのように穏やかな音楽が聞こえて、千代は胸をなでおろした。島に変事が起きることもなかった。たまたま千代の体調が悪かったのかもしれないが、真相ははっきりしないままだ。

と、店主がだしぬけにペンを置いた。

「お待たせしました。ではお父さんのほうも、念のためにもう一度……」

途中で尻すぼみに声をとぎらせる。千代も彼の視線をたどった。先刻まで口を半開きにして店主のペン先に目を奪われていたモモが、気持ちよさそうに寝息を立てていた。

「あれ。いつのまに」

父親もぽかんとしている。千代と同様、店主の手もとに気をとられていたらしい。

「子どもっていうのは、いつでもどこでも寝られるんだねえ」

千代はモモの安らかな寝顔をのぞきこんだ。

雪子もそうだった。食事中でも会話の最中でも、なんの前ぶれもなく、かくんと頭をたれて寝入ってしまう。

「お子さん、いるんですか？」

父親がたずねたのは、千代の口調がなつかしげだったからだろうか。

「娘がひとり」

「そうですか。この近くにお住まいで？」

「いや。遠くに」

千代は首を振り、言い添えた。

「長いこと会ってないけど、元気にやってるはずだよ」

婚家を出た日以来、娘には一度も会っていない。


オルゴールの外箱や器械の種類について、父親が店主と相談している間も、その胸にもたれてモモはすやすやと眠り続けた。窮地を脱してどっと疲れが出たのかもしれない。

「仲、いいじゃないですか」

店主が説明の合間にひそひそと言った。

「いやあ、さっきまではそうとう険悪で」

父親が苦笑いする。店主が千代に補足した。

「あんまり娘さんになつかれてない、ってお父さんが先ほどおっしゃってたので」

初対面の男どうしで、そんなに私的な話までしていたのか。

「ひと月離れてただけで、すっかり他人行儀になっちゃって。まあ、母親の影響もあるんだろうけど」

「でも、今後も定期的に会えるんでしょう?」

「どうかなあ、微妙かも。モモしだいだな」

父親がしょんぼりと答える。店員と客というより、友達のようだ。年齢も近そうだから、気安く喋りやすかったのかもしれない。近頃の若者は、素直というのか、無防備というのか、心の内をさらけ出すことにあまり抵抗がないようだ。千代も時折、島の若い者に人生相談を持ちかけられる。昔だったら、大の男が情けないと顰蹙《ひんしゅく》を買ったかもしれないし、最近の者は軟弱すぎると嘆く老人も現にいるけれど、そう目くじらを立てることもあるまい。本人が楽になれるなら、それでいい。

「養育費もいらないって嫁さんには言われてて。てか、あっちのほうがおれよりよっぽど稼いでるもんなあ」

横で聞いている千代にも、なんとなく状況がのみこめてきた。彼は妻と別れたのか、またはその協議中らしい。親権もとられてしまうということは、妻のほうが優勢なのだろう。彼のほうに、なにかしら非があるのかもしれない。

「次はいつ会えるかわかんないし、せめて思い出作りたくて、おれなりにがんばったつもりだったのに。船は揺れるし、宿も満室だし、嫁さんにばれたらなんて言われるか……」

憂鬱《ゆううつ》そうに肩を落としている父親を、店主が慰める。

「お父さんの努力は、お嬢さんにもきっと伝わってますよ」

「いやあ、どうだか。昨日だって、パパって詰めが甘いよね、ってばかにされて。三歳児のくせに、すげえ冷たい目つきでね。もう、母親そっくりで」

父親が力なく頭を振る。

「自業自得なんですけどね、おれが腑甲斐ないから。モモにしてやれることってほぼないし。どうせおれなんか、いてもいなくても一緒っつうか」

思わず、千代は口を挟んだ。

「一緒ってことは、ないんじゃないのかね」

「え？」

「髪」

眠っているモモの頭を指さす。

「あんた、一流の美容師なんだって？　この子が自慢してたよ」

父親は喜ぶというより虚をつかれたような顔つきで、娘のつむじに視線を落とした。柄にもなくおせっかいをしていると自覚しながらも、千代はつけ加えた。

「お母さんも、髪を切ってもらえなくて困ってるらしいね」

「えっ、まじっすか」

父親がはじかれたように顔を上げた。

振動が伝わったのか、モモがもぞもぞと身じろぎした。手の甲で目をこすり、猫のように体をくねらせて伸びをしている。起こしてしまったかとひやりとしたが、あくびをもらした後は、父の胸に顔を埋《うず》めてまた動かなくなった。娘の背中に父親がそっと両手を回した。

この子はもう三歳だという。父親の記憶は今さら消せない。彼は娘の人生に、確かに存在してしまっている。勝手に退場はできない。

雪子はまだ、二歳になったばかりだった。

半年経っても、一年経っても、千代の体に二度目の懐妊の兆しはなかった。まずは初産で世話になった産院に相談した。産後は体調が不安定になりがちで、すぐには妊娠しづらいことも多いから、もう少し様子を見てはどうかとすすめられた。その半年後に、もっと大きな病院で精密検査を受けた。

この先もう子どもは望めないと宣告され、千代は呆然《ぼうぜん》とした。しかしながら、どうしても男児を必要としているこの家に、子を産めない身でとどまろうとも、またとどまれるとも思えなかった。男の子を産むというのは、いわば婚家との契約だった。心をこめて謝罪した上で、今後の生活に困らないだけの慰謝料まで保証してくれた彼らのことを、恨むわけにもいかなかった。

最後まで迷ったのは、雪子のことだった。

できれば連れていきたかった。なにもかも失った千代に残ったのは、この子だけだ。でも、それが雪子のためになるのかと自問すると、心が揺れた。名家の長女として歩む人生と、片親に育てられる人生の、はたしてどちらが幸せだろう。

逡巡する千代の背を押してくれたのは義母だった。雪子を無理やりとりあげるつもりはない、と彼女は言った。ただ、わたしたちを信じて任せてくれるなら、絶対に悪いようにはしない。今のあなたにこんなことを言うのは酷だけれども、息子は近いうちに再婚するはずだ。雪子をわが子として育てることは、後妻に求める第一の条件になる。雪子はまだ二歳だから、新しい母親になじめるだろうし、家族みんなで愛情をかけて育てると誓う。

義母の言わんとすることは、千代にもよく理解できた。今なら、まにあう。千代が潔く去れば、雪子には実の母親の記憶が残らない。それが、千代が娘のためにしてやれる、最善のことなのだろう。

「お義母《かあ》さん、どうか雪子をよろしくお願いします」

千代は頭を下げた。義母も同じようにした。それから、「実はね」と意を決したように口を開いた。

「わたし、娘たちを憎らしく思ったことがある。なんで男に生まれてきてくれなかったの、ってね」

押し殺した声だった。

「誤解しないで。千代さんもそうなる、って決めつけるつもりはないの。だけど、これから雪子とふたりきりで生きていくとしたら、ひょっとしていつかは……」

途中でとぎれた義母のせりふを、千代もまた声には出さずに補った。いつかは、娘に運命を狂わされたと感じてしまうかもしれない。

「もしもそんなことになったら、みんなにとって不幸でしょう？」

千代は無言でうなだれた。この子さえ男だったら——その気持ちには、すでに身に覚えがあった。雪子を本当に、心の底から愛しているというのに。

親子とともに、千代はガジュマルの店を出た。ひと眠りしたおかげか、モモは元気いっぱいで、ぴょんぴょんと飛び跳ねるようにスキップしている。その後ろを、父親があたふたと追いかけていく。

「ババ様」

見送りに出てきた店主に呼びとめられて、千代は振り向いた。途方に暮れたようなおももちに面食らう。

「なんだい？」

「聞こえないんです」

「なにが？」

「ババ様の音楽が、聞こえてこないんです」

悲しそうに眉を下げて、彼は言った。

「こんなこと、はじめてで。どうしてでしょうか？」

問われたところで答えようもない。突っ立っている千代に、店主は切々と言い募る。

「正直、楽しみにしていたんです。だって、あの歌声でしょう。心の中にはどんな音楽が流れてるのか、前から気になっていて」

前から気になっていることなら、千代にもあった。

「その、心の中に流れてる音楽っていうのは、なんなんだい？」

「ええと、言葉ではちょっと説明しにくいんですけど……」

店主は考えこむように口ごもった。

「そのひとにとって印象に残っている音楽、ってことになるでしょうか」

「好きな曲ってこと？」

「いえ、必ずしもそうとは限りません」

思案するような間をおいて、続ける。

「たとえば、思い出もそうじゃないですか。いいことばっかりを覚えているわけじゃない。反対に、悲しかったことをいつまでも忘れられなかったりもしますよね？」

「ああ、そうだね」

声が少しかすれてしまった。

「曲そのものより、いつどこでどんなふうに聴いたかが大事なんだと思います。音楽は、記憶と強く結びついているものですから」

「で、それがあんたには聞こえるの？」

彼は神妙な顔つきで、こっくりとうなずいた。

突拍子もない話ではあるけれど、うそをついているわけでもないのだろう。この店でオルゴールを注文したという村人たちも、モモや父親も、店主の見立てに異存はないようだった。常人の耳には届かない音を聴きとれる人間が現実に存在することは、千代も身をもって承知している。

「さっきの器械で聴くのかい？」

千代は自分の耳たぶをひっぱってみせた。

「違います。どっちかっていうと、逆ですね。これは、音が聞こえすぎないようにするものなので」

店主も耳もとに手をやった。

「僕は耳がよすぎるみたいなんです。なんにもしないでいると、そばにいるひとたちの音楽が聞こえてきてしまって」

聞こえる範囲は日によって違う。店内の客くらいでおさまってくれればいいのだが、近隣の家々や道をゆきかう人々の分まで耳に届いてしまうときもある。騒々しくてかなわないので、この器具で音量をおさえているそうだ。かたちは補聴器のようでも、用途は正反対らしい。

「この島に来てからはかなり快適です。都会はどうしても人ごみが多いので。うっかりこれをつけ忘れて街に出たりすると、大変なことになるんです」

「ふうん。そりゃ難儀だね」

島神様の音楽は、四六時中耳もとで鳴り続けているわけではない。もしもそんなことになったら、さぞかしくたびれるだろう。

「そうなんですよ」

店主はわが意を得たりとばかりに、勢いよくうなずいてみせた。

「なんていうか、四方八方から包囲される感じで。メロディーもテンポもてんでばらばらだし、不協和音で頭ががんがんしてきて」

「それは、生まれつき?」

「はい。聴力の問題らしいです」

彼は答え、こんなふうに言うのは失礼かもしれませんけど、とためらいがちにつけ加えた。

「僕たち、ちょっとだけ似てませんか? ババ様には神様の音楽が聞こえるんですよね? 僕の場合は、神様じゃなくて人間の音楽が聞こえるんです」

首を振って、小声で言い直す。

「ババ様以外の、人間の」

心もとなげな口ぶりだった。無理もない。聞こえるはずのものが聞こえない、それはどうにも落ち着かないことだ。千代もそうだった。この店主がやってきた日の、島神様の不可解な沈黙に、どれほど肝を冷やしたことか。

そこで、はっとひらめいた。

「聞こえてない、ってわけじゃないのかもしれないよ」

「はい？」

「そもそも、音がしてないんじゃないかい。つまり、わたしの心の中には、なんの音楽も流れてないってこと」

口にしたそばから、直感は確信に変わっていた。

「でも、あんなふうに歌えるのに？」

店主がいぶかしげに眉をひそめる。

「あの歌は、わたしのものじゃない。島神様のものだもの」

千代の体は、言うなれば島神様の楽器だ。音楽は耳から吹きこまれ、のどから流れ出す。千代の内にはとどまらない。どんなに力いっぱい声を振りしぼっても、歌い終えたが最後、なにも残らない。

ああ、そうだったのか、と千代は思う。

あんたは島神様に呼ばれたんだ、とツルはもっともらしく言っていたけれど、なぜ自分が選ばれたのか、千代にはずっと不思議でならなかった。歌がうまいから、声がいいから、と島人たちは考えているふうだが、ここに来る以前の千代は、歌がうまいとも声がいいとも、ほめられたことなど一度もなかった。

千代が選ばれたのは、心の中が空っぽだったからだ。

音を大きく美しく反響させるその空洞を、島神様は気に入った。そしてまた、がらんどうになった心が決して元には戻らないことも、見抜いたはずだ。かつてそこを満たしていたものが永遠に失われたことも。かわりのものでは埋められないし、千代自身にも埋めようとする気はさらさらないことも。

そうして、神様の音楽がそこへ注がれた。

「僕もときどき考えるんです」

店主が胸もとに片手をあてがった。

「他人のことはよく聞こえるけど、じゃあ、僕自身の心の中にはどんな音楽が鳴っているんだろうって。ひとりで耳をすましてみたりして」

するとどうなるのか、続きを待たずとも千代には見当がついた。

「だけど、なんにも聞こえない」

そうだろう。なにしろ、あのにぎやかな島神様が、彼のことだけは黙って島に迎え入れたのだから。

千代はゆっくりと微笑んだ。

「まあ、静かなのも悪くないさ」

彼はまだ若い。さびしかったり、もどかしかったり、時には苦しかったりもするかもしれない。それでも、わたしたちは聴き届けるしかない。鳴りやまない音楽の奔流を浴びて、内なる静寂を抱きしめて。

道の先で、無邪気な歓声が上がった。父親に肩車されたモモが、ばんざいした両手をひらひらと振っている。千代と店主は目を見かわし、彼らに向かって手を振り返した。

みちづれ

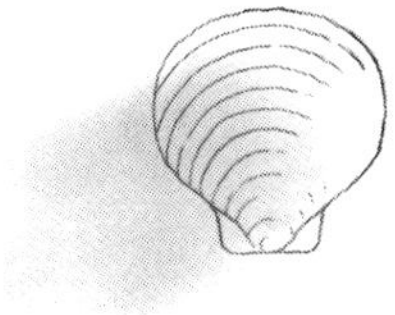

高速船は思いのほか混んでいる。左右に目を配りながら、咲耶《さや》は中央の進路を進む。両脇に、進行方向を向くかたちで、三人がけの座席が並んでいる。

中ほどの、向かって右手に、ふたつ空席があった。窓際に五十代くらいのおばさんが座っている。街まで買い出しにやってきた離島の住民だろうか、ぱんぱんにふくらんだレジ袋を膝の上にのせている。目が合って、どうぞ、というふうに笑いかけられたので、咲耶は彼女の横に腰を下ろした。後ろからついてきていた兄が、左隣におさまった。

正面に向き直りかけたおばさんが、咲耶から兄へと視線をすべらせた。心もち首をかしげ、まばたきしている。咲耶はさりげなく目をふせた。なんだろう。別に注目されるようなことはしていないはずだ。少なくとも、今のところは。

「ご兄妹？」

にこやかに話しかけられて、肩から力が抜けた。

「はい」

短く答える。兄もやりとりに気づいたようで、こちらを向いて愛想よく会釈してみせた。おばさんは感心したように咲耶たちを見比べている。

「そっくりねえ。特に目もとが」

「よく言われます」

「ふたりとも、学生さん？」

「わたしは高校生で、兄は大学生です」

今月いっぱいは、と咲耶は心の中で補った。いかにもお喋り好きらしいおばさんによけいなことを言って、話が長びいたら面倒くさい。

四月から、咲耶は大学生に、兄は社会人になる。

三泊四日の「卒業旅行」は兄の発案である。咲耶の合格祝いと、兄の就職祝いも兼ねている。両親も参加したがっていたけれど、父は仕事、母は祖父母の介護で手が離せなくて、兄妹水入らずの旅になった。

はじめ、咲耶はあまり乗り気ではなかった。兄とどこかへ出かけるだけでも緊張するのに、知らない土地を旅するなんて、家族四人ならまだしもふたりきりでは少々気が重い。最近では兄とともに出歩く機会もめったになかったから、うまく立ち回れるか自信がない。

が、ネットで検索した島の画像を見せられて、心が動いた。人工的なリゾート地ではないらしく、海が作りものみたいに澄んでいる。咲耶たちの住む街も海に面してはいるものの、色あいがまるで違う。熱帯の珍しい魚もいろいろ見られるという。咲耶が大学で海洋生物について学ぼうとしていることを、もちろん兄も承知しているのだ。

いい記念になるよ、と兄はたたみかけた。ふたりで旅行する機会なんてこの先いつあるかわからない、春からは離れて暮らすわけだしね、と。

「わかった。行こう」

咲耶は降参した。家族のうち兄だけが、咲耶の上京に最初から賛成してくれていた。兄の加勢がなかったら、両親の了承を得るのはもっと大変だっただろう。

「でも、ちょっと遠いよね？　もっと近場でもよくない？」

なにかと気の利く兄のことだから、妹の好みに合わせて行き先を考えてくれたのかと思ったのだ。けれど兄は小さく笑ってかぶりを振った。そして、この島を選んだ理由を咲耶に打ち明けたのだった。

船内に出航の案内放送が流れ出す。

おばさんとの会話は自然にとぎれ、咲耶は内心で一息ついた。文庫本を開いている兄をひじでつつこうとして、まあいいか、と思い直す。船底から突きあげてくるエンジンの振動で、船出が近いのはわかっているだろう。放送で注意されたシートベルトも、きちんと締めている。

船が身震いするようにひと揺れして、ゆっくりと動きはじめた。

一時間以上、船はとんでもない勢いで揺れ続けた。船というよりジェットコースターに乗っている感覚に近く、ぐわん、と座席の下を蹴りあげられたかのような衝撃が襲ってくるたび、あちこちで悲鳴が上がった。激しい波しぶきで窓ガラスはびしょ濡れになっていた。

港にたどり着いたとき、咲耶は立ちあがるのもやっとだった。こみあげてくる吐き気をこらえるのに必死で、「大丈夫?」と心配そうに声をかけてくれた隣のおばさんにも、ろくに返事ができなかった。

兄のほうは無事だった。肩を支えてもらい、咲耶はよろよろと船を降りた。まだ地面がぐらぐらと揺れているようで、足がふらつく。レンタサイクルで集落をめざす予定だったが、まずはひと休みすることにして、簡素な待合室に入った。荷物を抱えて座っているのは、咲耶たちの乗ってきた船で本島へ向かう人々だろう。兄は空いていた奥の椅子に咲耶を座らせると、飲みものを買いに出ていった。

じっとしていたら人心地がついてきた。ほどなくして乗船がはじまり、待合室は一気に空いた。開け放たれた窓から潮風が吹きこんでくる。人々のざわめきに、規則正しい波の音が重なる。騒々しい鳴き声はカモメだろうか。

そこへ、唐突に、野太い男の叫び声が割りこんできた。

「おうい、お客さん」

お客さん、お客さああん、としつこく連呼している。なにかの呼びこみだろうか。こんなところで、なんの店だろう。下船したときはじっくり周りを観察する余裕はなかったものの、視界に入ったのはこの待合室と駐車場くらいで、商店のようなものは見た覚えがない。となると、兄はどこまで行ったのだろう。慣れない土地で、ひとりきりで、大丈夫だろうか。

どきりとして顔を上げたところへ、その兄がちょうど待合室に入ってきた。片手に持ったペットボトルをかかげてみせる。

手を振り返そうとして、咲耶はぎょっとした。

「ねえちょっと、お客さん！」

兄のすぐ後ろから、見知らぬ中年男がぬっと頭をのぞかせたのだ。

突然肩をつかまれた兄は、漫画みたいに飛びあがった。手から落ちたペットボトルが床に転がる。咲耶はとっさに立ちあがった。

「悪い、驚かせちまったか。何度も呼んでるのに、ちっとも気づかないもんだから。足速いな、あんた」

かがんでペットボトルを拾いあげながら、男は快活に言う。みごとに日焼けしていて、白い歯がやけにくっきりと目立つ。

「ほらこれ、おつり。忘れてたろ」

兄にペットボトルと小銭を順に渡して、ふと眉《まゆ》をひそめた。

「あれ？　もしかして、日本語わかんない？　外人さん？」

相手がひとことも声を発していないことに、ようやく気づいたようだった。

咲耶は口を挟もうとしたが、一瞬だけ早く、兄がきっぱりと首を横に振った。きょとんとしている男と目を合わせ、自分の耳を指さして、もう一度首を振る。彼が目を見開いた。

「ああ、そっか。ごめんな。知らなかったもんで」

すまなそうに、ぺこぺこと頭を下げている。謝られた兄のほうも、負けず劣らず申し訳なさそうに、両手を拝むように合わせた。それはそうだ。恐縮されるようなことはなにもしていない。わざわざ追いかけてきてくれた彼に、こっちが謝るべきだろう。

咲耶はふたりに駆け寄った。

「すみません。ありがとうございました」

「あっ、友達かい？」

「妹です」

「よかった、ひとりじゃないんだな。なら、安心だ」

男がほっとしたように顔をほころばせた。

「大変だね、妹さんも。まあ、その、がんばって」

咲耶は黙って頭を下げた。

冷たい水を飲んだら、吐き気はおさまった。自転車にも乗れそうだと思ったけれど、振動でまた気分が悪くなるんじゃないかと兄がしきりに心配するので、歩いて集落へ向かうことにした。天気がいいし、さほど遠くもないらしい。

ふたり並んで、ゆるやかな坂道を上る。見渡す限りサトウキビ畑が続いている。

「怒るなよ」

兄が言った。

といっても、声は出ていない。兄は声で話すかわりに手話を使う。手話が通じない相手とは筆談する。常に持ち歩いている小ぶりのタブレットに、文字を入力して見せるのだ。紙に手書きしていた時代に比べて、断然便利になった。兄のタイピングはものすごく速いから、会話は滞りなく進む。

「怒ってない」

咲耶のほうは、声に出して答える。咲耶も手話はひととおりできるものの、話すより聞くほうが得意なので、たいていは普通に喋って、唇を兄に読んでもらう。さらに表情や身ぶりでも補う。咲耶は表情が豊かだと友達から言われるのは、兄との会話で鍛えられているせいかもしれない。

もっと幼い頃、まともに言葉を話せるようになる前は、兄の耳のことはそんなに意識していなかった。目を見かわすだけで、互いになにを考えているか、なんとなくわかった。咲耶が赤ん坊のときは、「おなかすいたって」とか、「こっちじゃなくてあっちがいいって」とか、兄が妹の意思を代弁してくれることもままあったという。その数年後には立場が逆転し、主に咲耶が兄の通訳を担うようになるわけだが。

「お兄ちゃんに怒ってるわけじゃないよ」

口の両端を意識してひっぱりあげながら、咲耶は言い直す。兄がおおげさに頭を振ってみせる。

「そんなふうに言うなよ。親切なひとだったじゃないか」

「あのさ、お兄ちゃん」

咲耶は言葉を選んで続けた。

「知らないひとに、いちいち耳のこと伝えなくてもよくない？　あんなふうに気の毒そうな顔されてさ、いやな気持ちになるだけじゃない」

昔から、咲耶たち家族はそうしてきた。ぶしつけな視線や心ない言動から兄を守るために。むろん、伝えるべき場面では伝えなければいけないけれど、必要もないのに打ち明けることもない。さっきみたいにあわてふためかれるか、気まずそうに目をそらされるか、もしくは善人ぶって同情されるか、ともかくろくなことがない。宗教の勧誘を受けたり、あやしげな健康食品を売りつけられそうになったりしたこともある。

「黙ってるだけじゃ、感じ悪いし。それこそ、いやな気持ちにさせるかもしれない」

兄はきまじめに応える。

「まあ、お兄ちゃんがしたいようにすればいいけどね」

咲耶はしぶしぶひきさがった。一時期は往来で他人とすれ違うだけでも痛々しいほど体をこわばらせていたことを思えば、積極的に対話を試みるなんて、兄にとっては喜ばしい進歩なのかもしれない。とはいえ、この世の中は、聞こえない人間に対して優しいとはいえない。咲耶としては、なるべく兄に傷ついてほしくない。

妹がなにを考えているのか表情から読みとれたのだろう、兄は咲耶の顔をのぞきこんで微笑《ほほえ》んだ。

「ありがとう」

咲耶が最初に覚えた手話は、「ありがとう」だった。兄が一番よく使っている言葉だったからだと思う。

誰かになにかをしてもらったら必ず感謝の気持ちを伝えるように、と両親が教えたのだろう。息子が周りの手助けを必要とする機会は多いと見越して、とりわけ念入りに躾《しつ》けたのかもしれない。

お兄ちゃんを助けてあげなさい。

咲耶が周囲のおとなたちからそう言われるようになったのは、まだ幼稚園に上がるか上がらないかの頃だった。当時、兄は近所の公立小学校に通っていた。特殊学級ではなく普通のクラスで、教師もクラスメイトも手話はできない。兄は彼らの声を聞くかわりに唇を読み、話す必要があれば自分も声を発した。発声を学ぶため、学校とは別に難聴児向けの教室にも通い、手話の練習や言葉の勉強もしていた。健聴児のように、耳に入ってくる言葉がおのずと身につくということがないから、語彙《ごい》が増えづらいのだ。

兄も、付き添いの母も、毎日忙しかった。隣町に住む祖父母の家に咲耶はたびたび預けられた。彼らは孫娘をかわいがってくれたけれど、「咲耶は普通の子でよかった」と言われると、返事に困った。黙っていたら、あんたは恵まれてるんだよ、と諭される。だからいい子にして、お兄ちゃんやお母さんを手伝ってあげなさいよ。

祖父母に言われるまでもなく、咲耶は「いい子」でいるように心がけていた。自分のことは自分でやり、できるだけ両親に心配をかけないように気をつけた。母が教師やよその親たちに「下の子は本当に手がかからなくて」とか「しっかりした子で助かります」とか話しているのを聞くたび、誇らしい気持ちになった。

兄は兄で、弱音も吐かずに奮闘していた。その甲斐あってか、低学年のうちは、学校生活はまずまずうまくいっていたようだ。けれど学年が進むにつれて、兄はしだいに元気を失っていった。幼かった咲耶は詳しい事情を知らされなかったが、意地悪な同級生に発音が変だとからかわれたり、仲間はずれにされたりしていたという。

今にして思えば、あの日も兄は学校でいやなことがあって、虫の居所が悪かったのかもしれない。

兄妹げんかの発端は、オルゴールだった。

兄のお気に入りだ。咲耶が生まれるよりも前に買ってもらったものらしい。青い木箱の内側に、ひと回り小さい透明な箱がはめこまれ、中に金色の器械が入っていて、兄はその動きを眺めて楽しむ。言うなれば、音を耳で聴くかわりに目で見るのだ。

音楽を鳴らすには、外箱の側面から突き出している細い持ち手を回す。これが簡単に見えて、なかなかコツが要った。古いもののせいか、何度も回しすぎてばかになったのか、部品の接触が悪くなってしまっているようだった。咲耶の手には負えなくて、毎回兄に頼んで鳴らしてもらっていた。

その日もオルゴールを携えて兄の部屋をのぞいたところ、「後で」とすげなく追いはらわれた。咲耶はむっとしながらも、すごすごと退散した。兄はおおむね妹に優しいが、時折おそろしく意固地になることがある。なにを言っても聞いてくれず、しまいには目をつぶってしまうのだ。

しかたなく、自分で回してみた。金属のこすれあうような、冴えない音がかすかにするだけで、音楽は鳴らない。すばやく回してみてもだめ、ゆっくりでもだめ、力を入れても抜いてもだめだった。途中から半分むきになっていじり回していたら、肩をたたかれた。

兄だった。腕を伸ばし、オルゴールをひきとろうとする。

「いい。自分でやる」

咲耶は断った。ここまでねばった手前、あっさりと鳴らされてしまうのも悔しい。しかし兄は手をひっこめず、ぐいとオルゴールをひっぱった。

「いいってば」

咲耶も力任せにひっぱり返した。口で言ってもむだだと悟ったからだ。兄は妹の顔には見向きもしないで、手もとのオルゴールにひたと視線を注いでいる。

しばらく左右からひっぱりあったあげく、指がぴりぴりとしびれてきて、咲耶はやむなく手を放した。そんなことをしたらどうなるか、考えが及ばなかったのだ。

箱にしがみついていた兄が、バランスをくずしてのけぞった拍子に手をすべらせた。オルゴールは一瞬宙に浮き、そして、ごとりといやな音を立てて床に転がった。兄妹そろって、呆然《ぼうぜん》とした。木製の外箱は見たところ無傷だったけれど、持ち手が根もとから無残にぽきんと折れていた。

咲耶は泣き出した。兄も泣きそうな顔をしていた。騒ぎを聞きつけて、母がやってきた。しかられるだろうと咲耶は身をすくめた。子どもたちがけんかをするたび、母は声と手話を駆使して説教する。

母が放心したように無言でオルゴールを見下ろしているので、意表をつかれた。

「ごめんなさい」

兄がおずおずと謝った。母はわれに返ったように目をぱちぱちさせて、口を開いた。

「修理しないと」

日頃は冷静な母らしくもない、強い、いっそ荒っぽいといってもいい口調だった。やっぱり怒っているのか、と咲耶はまた身構えた。

ところが、母はいきなり床に膝をつき、兄をがばりと抱きしめた。

咲耶はあっけにとられて、母の背中と、その肩越しにのぞいている兄の顔を見比べた。兄も目をまるくしていた。咲耶と同じく、とがめられると覚悟していたようだった。

「大丈夫、きっと直るわ」

母はひとりごとのようにつぶやいた。実際、あれはひとりごとだったのだろう。息子には声が届かないし、娘の姿は目に入っていないみたいだったから。

でも、オルゴールを直すことはできなかった。買った店で修理を頼もうとしたら、すでに閉店していたらしい。他の店を探そうと父が言っても、「あそこじゃないとだめよ」と母は悲しげに肩を落とすばかりだった。気丈な母がそこまで落ちこむなんて珍しく、自分にも責任があるという罪悪感も相まって、咲耶もいたたまれなかった。

といっても、あれから十年以上も経っている。

こわれたオルゴールのことを、咲耶はすっかり忘れてしまっていた。この島にあのオルゴールの店があるらしい、と兄が言い出すまでは。

店は集落のはずれにあった。入口の前に、南国らしい鮮やかな緑の葉をつけた大木が、店を守るかのように枝を広げている。

こぢんまりとした店内に、客の姿はなかった。

「いらっしゃいませ」

黒いエプロンをつけた店主が迎えてくれた。咲耶たちの親くらいの世代だろうか。先週電話をかけたときに出たのも、おそらく彼だろう。ここが間違いなく母と兄の訪れた店であること、移転先で現在も変わらず営業していること、それから、古いオルゴールを修理してもらえることも確認したのだ。

咲耶の読みはあたっていたらしく、店主は遠慮がちにたずねた。

「もしかして、先日、修理の件でお電話を下さったお客様でしょうか？」

「はい」

「お待ちしておりました」

店主は丁寧に一礼し、咲耶から兄へと視線を移した。

「前の店にいらしたときは、お母様と一緒でしたよね。大きくなられましたねえ」

なつかしそうに言われて、兄は照れくさそうにもじもじしている。咲耶が伝えたと勘違いしているのだろうが、電話ではそこまで詳しく話していない。二十年近くも前に会ったきりの客のことを覚えているなんて、たいした記憶力だ。

レジ台の隣に置かれたテーブルを、彼が手のひらで示した。

「どうぞ、こちらへ」

手前に並べてある椅子に、兄と咲耶は腰かけた。店主も向かいに座る。

「ではさっそく、現物を見せていただけますか」

兄がかばんからオルゴールを出した。テーブル越しに手渡してから、愛用のタブレットにすばやく文字を打ちこんで彼に見せる。

僕は耳が聞こえません。唇を読むので、ゆっくり話して下さい。

兄にかわってやりとりするつもりでいた咲耶は面食らったものの、先ほどのようにたしなめる気にもならなかった。兄にとっては、母親との思い出が詰まった大事なオルゴールだ。自分でできる限りのことをやりたいのだろう。

「かしこまりました。もしわかりづらかったら、教えて下さいね」

店主は戸惑うふうもなく、てきぱきと答えた。兄の耳のことも覚えていたのかもしれない。

「じゃあ、なにかあったら呼んでね」

兄に言い置いて、咲耶は腰を浮かせた。この先は一任しよう。

咲耶だって、本当はわかっている。自分でできる限りのことをやる、その前向きな姿勢は尊重されるべきだ。兄はもう、いじめられて学校に行けなくなった、非力な子どもではない。たとえ傷つくことがあったとしても、きっと自力で乗り越えていける。

それに、どのみち咲耶はもうじき兄のそばから離れるのだ。今までのようには力になれなくなるというのに、とやかく口出しする資格はない。

「店頭に出ているものは、すべてご試聴いただけますので」

店主が咲耶を見上げて言った。

「ありがとうございます」

咲耶は透明な箱が陳列された棚に歩み寄った。ひとつ手にとってみる。兄のものと違って、底にぜんまいがついている。きりきりと巻くと、せつなげな短調の旋律が流れ出した。

ひかえめな音なのに、静かな店内にはいやに響く。咲耶はテーブルのほうをうかがった。兄は背を向けたまま身じろぎもしない。店主もこちらには目もくれず、オルゴールをためつすがめつしている。

そういえば、あれにはどんな曲が入っていたんだっけ。

小学五年生の春に、兄は聾《ろう》学校に転入した。ちょうど入れ違いに、咲耶は兄がそれまで通っていた小学校に入学した。

はじめのうちは、毎日びくびくしていた。兄の憔悴《しょうすい》を目のあたりにして、学校というのはさぞかしおそろしい場所に違いない、とひそかにおびえていたのだ。その先入観が覆されるまでに、さして時間はかからなかった。学校は楽しかった。先生は優しく、授業はおもしろく、友達もたくさんできた。

そんな話を、家でするのははばかられた。学校生活は順調かと父や母にたずねられれば、「普通」とか「別に」とか適当に受け流した。それ以上は特に聞かれなかった。両親もまた兄に気を遣っていたのか、あるいは、息子のことで頭がいっぱいで、それどころではなかったのかもしれない。

幸い、兄は新しい学校にはなじむことができた。目に見えて顔色がよくなり、食欲が増し、凍りついたような無表情も少しずつ解けていった。着実な快復ぶりに、両親も咲耶も胸をなでおろした。

聾学校の中等部に進学する頃には、兄はほぼ元通りになっていた。

声を発することが一切なくなったのが、唯一といっていい変化だった。「僕の声は変だから」というのが兄の言い分で、そんなことはないと家族三人でいくら励ましても、頑《がん》として譲らなかった。長年の努力がもったいない気もしたが、本人がいやがっているのに無理強いはできない。もともと家ではほとんど手話だったので、咲耶にとっては違和感もなかった。一方、兄の手話には磨きがかかった。兄が家に友達を連れてくると、それが見てとれた。兄の手は家族といるときよりはるかに速く、生き生きと巧みに動いた。

兄たちはたいがい仲間のうち誰かの自宅に集まって遊んでいた。家と学校以外の場所ではくつろぎにくいそうだ。中でも、「悠人《ゆうと》んちは居心地がいい」と皆が口を——もとい、手を——そろえるという。兄いわく、家族全員が手話を解するというところが、まずうらやましがられる。話す場合も、顔を兄のほうに向けるとか、ひとりずつ順番に喋るとか、しっかり口を動かすとか、唇を読みやすいように配慮する。咲耶にとってはあたりまえの習慣として身にしみついているけれど、そういう家ばかりでもないらしく、仲よし家族でいいよなあ、と兄は友人たちに冷やかされていた。

もっとも、世間一般でいう「仲よし家族」とも、ちょっと違う気はする。同級生の中には、ことに女子は、失恋であれ友達とのけんかであれ成績不振であれ、なにかあったら母親に相談するという子がけっこういて、咲耶は驚いた。咲耶はいつも、自分で考えて問題に対処し、必要なら両親にも結果を報告する。それで文句を言われたことはない。文句どころか、咲耶は自立していてえらい、とほめられる。

ただ、大学受験については、さすがに事後報告ですますわけにもいかなかった。

家族そろった夕食の席で、東京の大学に行きたいと咲耶が告げたところ、両親は露骨に顔を曇らせた。歓迎してもらえると期待していたわけではなかったものの、あれほど強硬に反対されるとは予想外だった。

「どうして?」

「なにも東京まで行かなくたって、いい大学が近くにあるじゃないか」

隣市にある国立大学は由緒正しい名門で、評判もいい。兄もそこに通っている。偏差値は咲耶の志望校とほぼ変わらない。だったら近いほうがいい、という父の意見にも一理あった。

しかし偏差値は同じでも、当然ながら中身はそれぞれ違う。

「わたしは海洋生物の勉強がしたいの。それならこの大学が一番だって、先生がすすめてくれたんだよ」

学界の重鎮として名高い研究者がそこで教鞭《きょうべん》をとっているという話は、高一のときにクラスの担任になった生物教師から聞いた。彼女自身が、数年前までその教授のもとで研究に携わっていたのだ。地元に戻ってくるにあたり、かつての母校に転職したという。新年度初日の自己紹介で、趣味は水族館通いだと言われて、咲耶は親しみを覚えた。

咲耶も水族館は大好きなのだ。

子どもの頃、よく家族で市立の水族館に行った。息子が少しでも快適に過ごせそうな場所を、両親が選んだのだろう。映画館や遊園地とは違って、水族館を楽しむために聴覚はほとんど関係ないし、連れどうしが会話をしていなくても人目をひかない。海のそばに昔からあるひなびた水族館には、これといった目玉もなく、ひんやりと薄暗い館内はいつでも空いていた。咲耶たちは黙々と水槽の間を歩き回っては、果てしなく静謐《せいひつ》な水中の世界にみとれた。

「わたしも水族館が好きなんです」

咲耶は思いきって教師に話しかけてみた。とても喜ばれた。それで勢い余って、海洋生物の勉強がしたいということまで打ち明けてしまった。彼女はいよいよ盛りあがり、研究者時代の経験談をあれこれと披露してくれた。

それでも、東京の大学をすすめられた当初、咲耶は及び腰だった。親がなんていうか、と言葉を濁すと、

「そんなの気にしないで、自分のやりたいことをやればいいじゃない。若いんだし」

と、教師はけろりとして言った。

「どうせ将来、家族のことを気にしなきゃいけない時期が来るんだから。それまでは悔いのないように生きたほうがいいよ」

彼女が研究を断念して帰郷したのは、老いた両親の面倒を見るためだったのだ。

咲耶が高二になり、担任が変わった後も、なにかと気にかけてもらった。おかげで、親に悩みを相談するという友達の気持ちが、咲耶にも少し理解できるようになった。誰かが親身に話を聞いてくれるだけでこんなに安心できるなんて、思いがけない発見だった。

咲耶がなにに興味を持っているのか、なにをやってみたいのか、父や母にも日頃から話してあったとしたら、もう少しましな反応が返ってきただろうか。

「海洋生物？」

「なんでまた？」

わけがわからないと言いたげに、両親は顔を見あわせていた。

「海の生きものが好きなの。お父さんとお母さんが、よく水族館に連れていってくれたからだよ」

咲耶は答えた。わたしを連れていったつもりじゃなかったかもしれないけどね、と腹立ちまぎれに続けそうになったのは、のみこんだ。兄が気遣わしげにこっちを見ている。三人で言い争いながらも、父も母も咲耶も、無意識に兄のほうへ顔を向けて喋っているのだった。

両親の不安は、咲耶にもわかる。だからこそ、上京したいと切り出すのをためらっていたのだ。

父も母も、いざというときのことが気がかりなのだろう。今のところ兄は問題なく日常生活を送れているが、いつ何時、なにが起こるかはわからない。急病、事故、災害、そういった不測の緊急事態に見舞われたときに、家族みんながそばにいるに越したことはない。

そうして兄もまた、両親の懸念を察したに違いない。

決して兄が悪いわけではないのだけれど、それでも責任を感じたのだろう。妹の味方になって、根気強く父と母を説得してくれた。

オルゴールの修理にはしばらく時間がかかるらしい。帰る日の午前中、船に乗る前に受け取りに来ることになった。

店を出てから、咲耶は兄に聞いてみた。

「あのオルゴールに入ってるのって、なんの曲だっけ？」

「子守唄だよ」

「子守唄？　なんで？」

たずねたそばから、愚問だと気づく。兄が選んだわけではないだろう。試聴していいと店主にはすすめられたけれど、兄には無理だ。

「お母さんが選んだんだ？」

咲耶は言い直した。なにか子ども向けの歌をと思案して、思いついたのが子守唄だったのかもしれない。当時、兄は三歳くらいだったはずだ。その年頃の子になじみの深そうな音楽といえば、童謡やアニメの主題歌あたりだが、兄には縁がなかっただろう。

「いや。実はあの店、ちょっと変わってて」

兄がポケットを探り、折りたたんだ紙きれをひっぱり出した。

「お母さんに見せようと思って、もらってきたんだけど」

広げてしわを伸ばす。さっきの店のチラシだった。ほらここ、と兄が指さした一文を、咲耶は読みあげた。

「お客様にぴったりの音楽をおすすめいたします？」

「うん。お母さんはそうしてもらったらしい」

なるほど、あの店主が、幼児にふさわしい曲を選んでくれたということか。納得しかけた咲耶に、兄は続けた。

「で、心の中に流れてる曲を使います、って言われたんだって」

「え？　どういうこと？」

咲耶は首をひねった。好きな曲、気に入っている曲、というような意味あいだろうか。

「お母さんの心の中に、子守唄……？」

「違う。おれのだよ」

兄が手のひらを胸にあててみせた。

ますます、わけがわからない。音楽を聴くことのできない兄にとって、好みもなにもないだろう。

「なんか、詐欺っぽくない？」

オルゴールを大切にしていた兄や母には悪いけれど、どうもうさんくさい。

「まあな。お母さんから話を聞いて、お父さんもそう言ったらしい。なんでそんなもの買ったんだ、って」

「だよね？」

しかし注文してしまったものはしかたがない。数日後、母は兄を連れて店に出向いた。あの店主にうながされ、兄は完成したオルゴールをその場で鳴らした。

「そしたら、お母さんがいきなり泣き出したんだ」

兄が赤ん坊だった頃、つまり、まだ耳のことがわかる前に、母はその子守唄をよく歌ってやっていたらしい。

「不思議なこともあるもんだよなあ」

兄はしみじみと言う。どうやら、あの店主が本当に「心の中に流れている曲」とやらを聴きとってみせたと信じているようだ。

正直なところ、咲耶は半信半疑だった。兄が誤解しているだけで、母ははじめから曲目を指定していたのではないだろうか。そして、実際にそれを聴いた拍子に、記憶がよみがえったのではないか。息子の耳に届くことを疑いもせずに歌っていた、過去の自分を思い出して、涙があふれてしまったのかもしれない。

咲耶は口を開きかけて、また閉じた。

夢のない推測で、兄の感慨に水を差すのはしのびない。いずれにしても、あのオルゴールが兄と母にとって特別な思い出になっていることに変わりはないのだ。咲耶には割りこめないし、割りこむつもりもない。ひがんでいるわけではない。拗ねてもいじけてもいない。これまで兄と母が力を合わせて乗り越えてきた苦労を思えば、そんな子どもじみたまねはできない。

「お母さんも泣いたりするんだね。いつもあんななのに、ちょっと意外」

半ば無理やり、話をずらした。

「昔はときどき泣いてたよ」

兄が困ったように笑う。

「おれの前でっていうのは、そのときだけだけど。目が赤くなるから、どうしてもわかっちゃうんだ」

そういうことを、兄は見逃さないのだ。相手のちょっとした表情やなにげないしぐさを手がかりに、言葉にできない、それこそ心の中に秘めておこうとしているような想いも、敏感に感じとる。感じとってしまう。

「ああ、でも」

ふっと真顔に戻って、兄は言い添えた。

「咲耶が生まれてからは、よく笑うようになった」

不意打ちだったせいで、相槌《あいづち》を打ちそこねた。

咲耶は目をそらし、雲ひとつない青空を見上げた。まだ三月だなんてうそみたいな、汗ばむほどの陽気だ。咲耶たちの住む街ではつい先週も雪が降ったというのに、ここではもう夏がはじまっている。

「暑いね」

なんと答えたものか悩んだ末に、どうでもいいことを口にしてしまった。まあいいや、と思う。いちいち言葉にしなくたって、どうせ兄には咲耶の気持ちはお見通しだろう。

立ちどまり、買ってもらった水の残りをひとくち飲む。

「咲耶、大丈夫か？　またぐあいが悪くなったら、すぐ言えよ」

「ううん、もう平気」

ありがとう、と手話でつけ足した。兄が目を細めて、どういたしまして、と唇を動かした。

最終日も空はぴかぴかに晴れあがっていた。咲耶と兄は帰りじたくをすませ、オルゴールを取りに行った。

出迎えてくれた店主は挨拶もそこそこに、「直りましたよ」と得意げに言った。

「念のため、ご確認なさいますか？」

咲耶は兄と顔を見あわせた。修理したオルゴールがちゃんと鳴るか、聴いてみるということだろう。それなら咲耶の出番である。

兄が店主にうなずいた。それから咲耶に目くばせして、おもむろに手を動かした。

「え？　一緒に？」

咲耶は思わず問い返した。兄がうれしそうに微笑んだ。まず咲耶の耳を、次いで自分の目を指さしてみせる。

そうだった。このオルゴールなら、耳ではなく目でも音楽を聴けるのだ。

「では、どうぞ」

店主が兄にオルゴールを手渡した。元通りにくっついた持ち手を、兄がくるくると回しはじめる。ああ、この曲だった、と咲耶も遅ればせながら思い出した。のんびりと和やかで、いかにも心地よく眠りにつけそうなメロディーだ。

「あと、こちらもお願いします」

店主の声で、咲耶は顔を上げた。彼は兄が持っているのと似たような大きさの、赤い箱を手にしていた。

「どうぞ」

咲耶に向かって、うやうやしく差し出す。

「えっ？」

咲耶がつぶやいたのと、子守唄がとぎれたのが、ほぼ同時だった。兄を見やる。オルゴールから離した右手を胸にあてがって、にっこりしている。

いささか芝居がかったしぐさの意味するところは、咲耶にも通じた。兄は修理を頼むついでに、妹のためにも新しいオルゴールを注文してくれていたらしい。それも、例の「心の中に流れている曲」を使って。

なんの曲だろう。詐欺ではないかと疑っていたくせに、なんだかどきどきしてきて、おそるおそる持ち手を回した。凜《りん》と澄んだ音が、耳を打った。

咲耶は息をのんだ。

「なんの曲？」

兄が身を乗り出した。二十年前と同じで、あらかじめ曲目を知らされていなかったらしい。

「おんなじ」

咲耶は手をとめずに答え、兄と目を合わせた。

「お兄ちゃんのと、同じ曲」

「あ、そうか。お母さん、咲耶にもよく歌ってたもんなあ」

再び、咲耶は息をのんだ。オルゴールの素朴な音色に重なって、母のやわらかい歌声が頭の中に響き出す。

この曲を、わたしはよく知っている。ずっとずっと、昔から。兄にせがんではオルゴールを回してもらうようになるより、もっと前から。どうして忘れていたのだろう。母は息子ばかりでなく娘にも、繰り返し歌ってくれていたのに。

兄がそっとオルゴールのふたを開けて、中の器械をのぞきこんだ。咲耶もならう。耳から、目から、なつかしい旋律が沁みこんで、胸いっぱいに満ちていく。

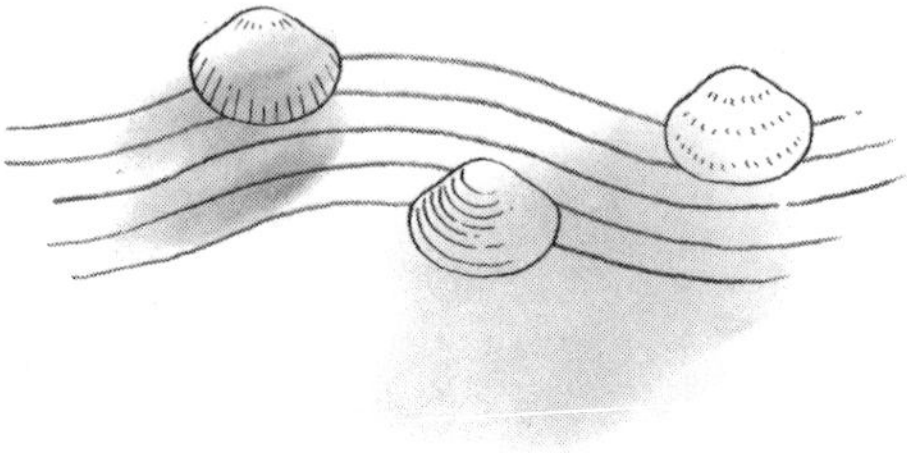

ブックデザイン・装画　榊原直樹

[初出]
「カナンタ」「小説幻冬」2020年1月号
「バカンス」「小説幻冬」2020年3月号
「ゆびきり」「小説幻冬」2020年5月号
「ハミング」「小説幻冬」2020年7月号
「ほしぞら」「小説幻冬」2020年9月号
「からっぽ」「小説幻冬」2020年11月号
「みちづれ」書き下ろし

瀧羽麻子
Takiwa Asako

1981年兵庫県生まれ。2004年京都大学卒業。07年『うさぎパン』で第2回ダ・ヴィンチ文学賞大賞受賞。『株式会社ネバーラ北関東支社』『左京区七夕通東入ル』『いろは匂へど』『乗りかかった船』『虹にすわる』『女神のサラダ』『あなたのご希望の条件は』他、著書多数。

もどかしいほど静かなオルゴール店
2021年7月5日　第1刷発行

著者　瀧羽麻子
発行人　見城徹
編集人　菊地朱雅子
編集者　袖山満一子

発行所　株式会社 幻冬舎
〒151-0051東京都渋谷区千駄ヶ谷4-9-7
電話　03(5411)6211(編集)
　　　03(5411)6222(営業)
振替　00120-8-767643

印刷・製本所　中央精版印刷株式会社

検印廃止

Printed in Japan
ISBN978-4-344-03791-5　C0093
幻冬舎ホームページアドレス　https://www.gentosha.co.jp/
この本に関するご意見・ご感想をメールでお寄せいただく場合は、comment@gentosha.co.jp まで。